AULUS

ZOÉ COSSON

Aulus

roman

l'arbalète gallimard

l'arbalète
collection dirigée par
Thomas Simonnet

La carte page 59 est extraite de
Les Montagnes d'Aulus : Pyrénées ariégeoises. Promenades, excursions, randonnées
par P. Joubert, A. Calvet et A. Degage, 1976.

Aulus tient et persiste dans un coin de ma tête. Ce village ramassé, esseulé au fond d'une vallée étroite que la déprise rurale et industrielle a progressivement usée, élimée, vidée, se borne à la montagne. Il s'y confronte, il s'y soumet. En raison de cette topographie spécifique, Aulus m'est toujours apparu comme un terminus géographique. On ne passe pas à Aulus, on s'y rend.

Mon père a acheté là-bas un ancien hôtel aux chambres vides, en train de dépérir au milieu des montagnes. L'hôtel est devenu son royaume, et le lieu à partir duquel je découvre les corps qui peuplent les rues du village.

À Aulus, je ne suis ni résidente ni étrangère : je suis la silhouette derrière mon père, et l'hôtel est ce lieu poreux d'où j'écris. Un pied dedans, un pied dehors. Je regarde le monde à travers lui, j'imagine à travers les on-dit, ce que j'attrape des habitants lorsqu'ils viennent partager quelques mots sur la centrale, l'ours, un voisin, la météo. À Aulus, j'écoute et je marche, réel et fiction s'entremêlent.

Aulus s'appréhende comme la montagne, comme un

ensemble d'accidents, de pans qui se succèdent et se cachent les uns des autres. On ne peut pas saisir Aulus d'un seul regard, on le découvre dans l'effort de la marche, à l'échelle du corps, par bribes, et il faut ensuite recoller mentalement ces morceaux pour s'en fabriquer une image.

Ce livre est le portrait rapiécé de ce lieu sans contour, un espace fait de calques, une sorte de cartographie qui n'élucide rien. Ce n'est ni une histoire ni un bloc.

1

J'observe mon père. Sa tête droite, tenue, ses yeux posés sur l'horizon. Il fixe la ligne bleue qui barre le pare-brise, les Pyrénées devant. Il n'a qu'une main sur le volant et le camion file tout droit. On traverse une série de villages désolés, His, Caumont, Lorp-Sentaraille, abandonnés le long de la départementale. Les maisons sont flétries, fermées, les murs à peine debout. Elles me filent le bourdon ces maisons. Tout est d'hier, morose. Il n'y a pas de piétons, personne. On dépasse la cité de Saint-Lizier, l'eau stagnante des barrages de Saint-Girons, et déjà l'usine Job de papier à cigarette diffuse son odeur âpre à l'intérieur du véhicule. Elle traîne un moment dans l'air, épaisse, envahit nos narines jusqu'à l'écœurement et pourtant je commence à sourire parce qu'à partir de là, vraiment, le paysage change et on s'enfonce dans le pays.

Le pays c'est la vallée du Garbet, une terre pleine de cailloux roulés d'où se lèvent des espèces fumantes. Les noisetiers prolifèrent, les troncs nus étouffent sous le lierre, les fougères agitent leurs longs bras souples. À présent la route se presse contre la rivière et, ensemble, elles glissent entre des collines d'un vert éclatant. Leurs croupes s'allongent, gonflent, se rapprochent. La radio ne capte plus et mes yeux restent collés à la vitre. L'espace mute, se vide, les maisons se dispersent, les monts s'élancent de plus en plus haut, se dressent, la roche perce leurs sommets et voilà les montagnes. Je n'en perçois pas le bout. Mon père s'agrippe au volant, l'estomac tourne, les roues chavirent à fond. Le camion force un passage dans le minéral jusqu'au moment où la roche s'ouvre et le regard s'élargit. Un plateau apparaît. Il n'est pas large mais des deux côtés les prairies huileuses absorbent et reflètent la lumière. Au fond, une couronne de pierres clôt l'horizon en arc de cercle. On se jette vers cette fin, ou ce commencement du monde, et enfin on lit le panneau : « Aulus-les-Bains, station thermale du cholestérol ».

Contrairement aux villages bâtis sur des hauteurs qui se montrent et surveillent de haut, celui-ci est engoncé dans un pli de terre, au plus près de l'eau. Ses habitants ne voient qu'un fil de ciel au-dessus de la ligne grise des crêtes. Les jours brefs et blancs de janvier, ils assistent au combat perdu du soleil qui ne perce pas, au blanc en ciment des éléments, à la résignation des arbres nus, des tombeaux de feuilles à leurs pieds. Au printemps, après la fonte des neiges, les torrents se remplissent. L'herbe se redresse, verdit. La montagne renaît. On déplace les bêtes. On défriche. On sème à partir de mai.

En août, le village est une fièvre, un bouquet. Une odeur d'herbe fraîche et coupée remue l'air, emplit les rues. Les géraniums débordent des pots. Tout frémit et ondule, tout se gonfle de rires et de joie, de lumière verte, luisante. Un soleil neuf et sauvage plaque des ombres nettes au sol et l'œil ébloui s'épuise à se recharger de troncs, d'eau, de fleurs et de bêtes. Les chiens dessinent en courant le contour des troupeaux, les trois restaurants affichent complet, l'épicerie de Marie bat son plein, les cyclistes pédalent, les randonneurs randonnent et on regarde Nicole, la nouvelle gérante du centre équestre, faire des tours de village suivie de familles sur poneys.

Le 3 août, pour la fête du village, on monte un stand de steak-frites-buvette ainsi qu'une guinguette. Un feu d'artifice éclate dans le ciel et les canards en plastique dévalent la rivière. On numérote leurs dos au feutre indélébile et le hasard de l'eau fait la course. Ils se prennent des rochers en pleine tête ou échouent, se retournent, et seuls quelques-uns parviennent indemnes au bas du village. On les suit d'en haut, derrière des murets en pierre. Car tout ici est en pierre. Les vieilles maisons sont en pierre, les granges sont en pierre, les murets qui délimitent chemins et terrasses aussi, et les arbres les plus coriaces prennent racine dans des quartiers de roche. La pierre bouche la vue, l'ennui, les trous. Elle bouche tout et, à partir d'une certaine altitude, elle recouvre tant que rien n'y pousse plus.

Personne ne dit « Aulus-les-Bains » en entier. On dit juste « Aulus ». « Aulus » tout court. Aulus est un village d'eaux niché à 750 mètres d'altitude. Il reçoit 700 curistes par an et s'étend sur 5 224 hectares, comprenant forêts, pâturages, névés, pics et cascades.

On s'y engage à travers une longue allée hérissée de platanes au garde-à-vous. Une entrée nette et saillante dans le paysage. Elle longe le camping, des grilles grandiloquentes, un manoir à gauche, la colonie de vacances rouge pétard à droite, des saules pleureurs inconsolables devant la cure vieillissante; et, perpendiculaires à la route, trois petits ponts. Un en pierre, un en bois, un en béton.

Les visages se retournent au bruit du moteur. Mon père roule au pas. Il lève ses sourcils, agite sa main gauche, sourit largement. Quelquefois, il baisse la vitre et échange deux trois mots rapides. Au bout de l'allée, le camion débouche sur la place principale. Le tabac-presse-boulangerie de Fafa, l'épicerie de Marie, la médiathèque et, au centre, le rond-point neuf : une cascade en circuit fermé éclabousse de gros rochers de granit. Mon père bifurque à gauche dans la grand-rue, la *carrèra*, là où les maisons se serrent les unes contre les autres. Parfois, elles sont entrecoupées d'hôtels et de villas qui restent du temps où cette commune était une florissante station thermale. Je veux dire, du temps des calèches et du Grand Casino, des montreurs d'ours et des champs de seigle noir avec leurs étendues de fleurs blanches.

Mon père a acheté là, au bout de cette vallée sévère qu'on dit pauvre, un ancien hôtel délabré au prix d'un terrain agricole. Le Grand Hôtel de Paris. Une bâtisse de cent vingt-trois ans, toit crevé, parquet éventré, tuyauterie corrodée. Il a repéré l'annonce de nuit dans la vitrine illuminée d'une agence immobilière. « Bien placé en liquidation judiciaire destiné aux professionnels. » Il s'est présenté au nom de sa SCI plus ou moins fictive et parmi les trente acheteurs potentiels, on l'a choisi lui, arbitrairement. Il faut dire que mon père sait faire une première impression réussie malgré des habits désassortis. Il comprend et s'accommode de tout très vite, sait jauger, compter, inventer mille solutions à n'importe quel problème, et surtout, dérider les esprits. C'est qu'il consacre une grande partie de son temps à écouter la radio et une autre à élaborer ce qui surprendra ses interlocuteurs. Il ne se lasse pas de la capacité des mots à métamorphoser les traits d'un visage, les lèvres qui remuent, la langue qui tape contre le palais, et tout de suite après le sourire face à lui, le monde un peu plus léger.

2

La première fois, les visages ne se sont pas retournés. Il n'y a pas eu de gestes de la main, aucun sourire. Nous sommes passés inaperçus dans la rue, il était tôt, le camion de déménagement n'a pas fait mouche. L'hôtel, en revanche, une fois les volets ouverts, a vite attiré les regards indiscrets à travers les barreaux de la grille rouillée. Les corps ralentissaient, les têtes pivotaient et de grands yeux, avides de voir et de savoir, sont venus se jeter contre la façade décrépie. J'ai huit ans.

À l'intérieur, je découvre la pourriture. Celle qui lèche les murs et dévore les poutres du toit. Dans l'ancienne salle de bal, des gouttelettes perlent à la surface du dallage ocre. Le carrelage sue. L'eau remonte de la cave par flaques épaisses, des rivières dégoulinent le long du papier peint mais je m'en fiche. Je ne remarque ni les champignons qui ravagent les murs, ni les fissures menaçantes au-dessus de nos têtes. L'immensité me saisit. Les perspectives, les proportions. Les dizaines de portes alignées, rangées, numérotées. Dans mon imaginaire, les couloirs forment des rues, les chambres des microcosmes, et je suis l'archéologue d'un passé soufflé.

Pendant mes excursions dans les étages, mon père colmate les fuites. Il repositionne les seaux pour attraper les chutes d'eau, tapisse le sol de serviettes, de torchons. Affolé par l'hygromètre et ses 90 % d'humidité, il redouble d'efforts pour faire baisser ce chiffre obsédant. Dès qu'il peut, il installe des poêles à pétrole, des radiateurs à roulettes, de petits souffleurs. Il investit dans des déshumidificateurs à billes et finit par opter pour l'achat d'un climatiseur supplémentaire chaque année.

Lorsqu'il commence à faire courir l'électricité dans les murs, les plus réfractaires du village surveillent de loin. Ils misent sur la durée précédant la revente, ne saluent pas mon père ou seulement d'un signe de tête fébrile. Ils restent froids, distants comme des rocs. D'autres, au contraire, viennent proposer leur temps et leurs bras en échange de quelques sous. Paul et Jean font partie de ceux-là. Paul et ses yeux têtus, d'un bleu glacé ; Jean et ses spartiates en cuir, son rire espiègle, ses cheveux retenus en chignon par une pince en clair de lune.

3

Rapporté au nombre d'habitants, l'achalandage de l'épicerie étonne. Hameçons mouches vers couvertures de survie miel local bobs tomme de chèvre protections hygiéniques pièces de mécanique pâte à gâteau déshydratée pâtes pâté riz, tout cela tient ramassé et étiqueté sur 40 mètres carrés.

Le magasin est tenu par Marie, une femme intransigeante que tout le monde a fini par renommer Marldingue. Tantôt hargneuse, tantôt généreuse, elle gère son affaire d'une main de fer. En quelques années, elle a triplé ses effectifs, quadruplé ses ventes et multiplié les panneaux aux consignes alambiquées. Le commerce jouit désormais de deux caisses au lieu d'une, d'un micro dont elle abuse pour réprimander ses employés ou un client qui ne respecterait pas scrupuleusement ses consignes, d'un camion réfrigéré, de plusieurs caméras, sans oublier la présence d'un écran diffusant un diaporama continu d'étangs d'altitude.

Parfois, tandis qu'elle scanne d'un geste machinal

mes articles à la caisse, elle hurle dans son oreillette et je me figure le fournisseur au bout du fil fondre sous ses injures comme une glace au soleil.

Le Grand Hôtel de Paris penche. Il est porté de l'intérieur par des béquilles invisibles qui l'empêchent de s'écrouler mais il penche, et tout le parquet aussi. Son inclinaison le rapproche légèrement du jardin, un triangle d'herbe verte et douce d'où j'observe longuement les lézardes creuser la façade. Elle porte encore les lettres de son office, de grandes lettres capitales, usées par le soleil.

À l'intérieur, une fois le parquet brossé, les murs pansés, grattés, recouverts de rouge, de pêche et de mauve, de morceaux raccommodés de marbre blanc, une fois accrochée la tapisserie de mon père représentant un énorme cochon, une fois ramonée la cheminée, l'immense salle du rez-de-chaussée s'est transformée en une petite pièce de velours, orange et moelleuse, entourée de douceur, de prévenance.

Dans les étages rien n'a bougé. Le passé s'empile sur le rénové et il suffit de grimper pour retrouver cette chose qui se nourrit d'obscurité et s'effiloche à la lumière. Elle se diffuse en auréoles violettes dans les fibres du papier peint, en mouchetures fraîches, en particules aériennes. De la poussière grise. Des champignons noirs, étoilés. De l'amiante et la peinture bleu pâle. Il faut ouvrir les volets puis les fenêtres en grand afin que l'air chasse cette odeur que le ménage ne suffit pas à faire partir. Mais dès les volets refermés, l'odeur revient vite et pleinement comme si une réaction chimique se produisait à l'intérieur même des murs.

Je passe du temps là-haut. À flâner, à inspecter les chambres une à une. Je sens bien qu'à sa manière l'hôtel garde à l'ombre ces histoires que l'on tait. Que quelque chose gesticule encore dans les motifs psychédéliques du papier peint gaufré. Des visages et des corps, il y en a plein les pétales. D'autres habitent les pistils, des cous, des jambes enroulées, des sourires troublants et des yeux tapis entre les lianes.

Sur l'étagère de l'entrée, entre les cartes de randonnées locales et un guide des champignons, je découvre un album de photographies anciennes. Les clichés ont un siècle.

Mon père, pour se faire accepter des Aulusiens, se rend plus que de raison dans les trois commerces du village. Il en ressort toujours avec des sacs surchargés, des emplettes futiles, trop de pain. Parfois même plusieurs kilos de viande à congeler. C'est comme ça qu'il s'est fait ami avec le boucher, c'est comme ça, me dit-il, qu'il s'est procuré cet album. Je l'ouvre sans arrêt. Je dissèque ces photos les yeux tout ronds, je me les décris pour moi-même. Ce sont des dizaines de clichés d'Aulus pris au début du XXe siècle par un homme dont on ne connaît que le nom : Chafré. Son travail, dont la majeure partie a été éditée en cartes postales et regroupée dans cet ouvrage, dépeint les deux versants du village. D'un côté, le fourmillement de l'activité thermale à son apogée, les festivités, les casinos, les diligences ; de l'autre, la vie pastorale à la limite de la misère. Les pieds nus et noirs, les bérets, les orbites enfoncées, les mains épaisses et cornées, toujours prolongées d'un panier, d'un outil. Ils portent des fromages empilés sur la tête, des kilos de glace sur le dos.

Couper tresser labourer faucher traire. Ces gestes-là, je les retourne à l'intérieur de moi. Je creuse des souterrains, des galeries de temps. Je m'affole de cette force éteinte, de ces prés qui dessinaient des damiers jusqu'au ciel, des traînées blanches des chemins qui zigzaguaient sur la roche de haut en bas. Toute surface accessible vibrait de la pioche et du râteau. Toute surface fertile travaillait à la survie de ses occupants. Aujourd'hui la forêt marche, le paysage est bouché.

Ce sont les arbres, les rochers qui ont gagné. La pierre, la mousse, les vers de terre. Le reste a brûlé. La cure, le casino. Et avec lui sa marqueterie de bois exotique. Le promenoir en fer forgé a dû s'effriter dans le vent. Il n'en reste rien. Les Aulusiens ne louent plus de montagnes en Espagne, ne ramènent plus le fromage des pâturages ni la glace des névés. Ils ne marchent plus pieds nus avec le bâton et le ballot de tabac. D'ailleurs, ils marchent peu. Les femmes ne portent plus leurs nourrissons sur la tête. Les hommes ne ramassent plus les pommes sang et or, n'ont plus la cigarette de maïs rivée aux lèvres. Ils chassent en 4 × 4 et quittent à peine les routes. Ils cherchent le bouquetin aux jumelles, possèdent 4G, frigo, lave-linge.

Pourtant l'Aulusien reste l'Aulusien. Une simplicité dans ses gestes, des cailloux roulés en lui. Il n'y a pas la séduction citadine du prêt-à-porter, pas de maquillage. Les femmes s'attachent les cheveux par nécessité, en queue-de-cheval basse, et si certains sont affligés d'une légère myopie, leurs lunettes sont un outil plus qu'une parure.

Des viandes en croix pendent dans la lumière. Suspendues par des cintres en bois, des crochets métalliques, à peine décollées du mur, elles montrent leur anatomie, sans tête, sans pieds, le corps ouvert en deux. Elles s'exposent aux passants, s'affichent au soleil. Les pièces sont immenses, parfois plus grandes qu'un homme, et forment d'énormes taches blanches autour d'entrailles noir d'encre. À droite des quartiers, les six employés de la boucherie Bacque posent ensemble dans l'escalier, les uns derrière les autres. Le torchon posé sur l'épaule, les traits du visage tirés à quatre épingles, ils sont sérieux comme des croque-morts. Devant eux, Jean Bacque, le propriétaire, se distingue par sa moustache chevron, son sourire malicieux, sa chemise impeccable. De petites lunettes dorées brillent sur son nez.

(Boucherie Bacque, Aulus, début du siècle dernier)

4

Le boucher contrôle le carrefour de la rue principale. Il reste assis tout le jour, les pieds ancrés dans le sol. C'est un grand blond qui n'a pas d'instinct sanguinaire connu. Il n'abat pas de bête, ne découpe aucun animal. Il se contente de vendre quelques saucisses de la région, la viande de ses propres poneys et des fritons achetés à la salaison.

Il ouvre à 10 heures précises puis se poste de l'autre côté de la rue, en face de sa devanture. De là, vissé sur le banc collé à la maison maternelle, il surveille et sa boutique et quiconque passera. Il n'attend pas sans rien faire. Il attend l'œil alerte, *La Dépêche* entre les mains, le chien couché à ses pieds, prêt à cueillir celui ou celle qui remontera la rue principale. Une fois qu'il l'a repérée, il fond sur sa proie et ne la lâche pas. Mon père se laisse facilement prendre, par plaisir, par curiosité, et lorsque le boucher l'aperçoit, les petites pattes-d'oie qui ornent les coins de ses yeux rieurs se plissent un peu plus fort. Le boucher le salue, il lui recrache le jus du jour. Et la centrale et la mairie et l'ours. Il rempaille. Il ergote.

C'est un vrai du cru. Je veux dire né là et jamais parti. Il dit le *pouech*, *camesa*, *cono*. Il ne dit pas *ubac* mais *bac*. Il parle et les mots gigotent comme du gravier entre ses lèvres. Les touristes sont ravis. Ils trouvent le boucher gentil. Ils disent *c'est authentique*. Les Aulusiens, eux, pour éviter un arrêt prolongé lorsqu'ils sont pressés, développent toutes sortes de subterfuges. Ils prennent des détours (ruelles, venelles, à travers champs) ou attendent l'heure des repas pour se faufiler. Car le boucher reste assis tout le jour mais midi et soir il mange avec sa mère. Le tablier noué autour de la taille, elle cuisine pour toute la famille et il ne faut pas discuter les horaires. Les têtes de veau sont farcies, les plats gratinés, fourchettes et couteaux placés respectivement à gauche et à droite des assiettes lorsque midi sonne. Elle tient debout et toute la maison pendant que lui tient boutique, tient la devanture d'un héritage qui touche à sa fin. Souvent, je vois le boucher parler au tracteur dans la rue. Le tracteur, c'est son frère dessus.

Encombrée par mon corps tombé d'ailleurs, je m'efface à leur présence. Je suis seulement les lignes que tracent les Aulusiens dans la grande pièce du rez-de-chaussée, j'écoute le chant de leurs voix chaudes, épaisses. Du miel sort de leurs bouches et enrobe toute chose d'une substance gourmande. Ils ne ressemblent pas aux gens de la ville. Ils ne fixent pas le sol à côté de leurs chaussures, ne soupirent pas. Ils ont des dizaines de poches greffées au pantalon, à la silhouette, des semelles crantées, une voix qui s'affirme sans détours et roule, et quand ils rient, tout leur corps vibre avec eux. Ce sont des corps du dehors, habitués à négocier avec la solitude, le temps qui ne meurt pas. Des corps tenaces qui ne tressaillent pas à l'intérieur. Qui commencent par les pieds la plante les orteils, qui se tiennent par les cuisses et se terminent par des mains carrées. Ces corps-là ne plieront pas. Ils ne ressemblent pas à ceux de la ville. Frêles, élancés, gras, voûtés. Ils auraient pu partir, presque tous. Faire leur vie ailleurs, à la campagne, sur un terrain plus plat, avec un climat plus doux, mais ils ne se sont pas résolus à quitter cet endroit où chaque centimètre est connu, vécu, chéri. Ils n'ont pas voulu se séparer du lieu où le corps a ses marques, sous l'église, dans le creux.

Les autres, ceux qui ne sont pas nés là, ont suivi un ami. Ils ont retrouvé un ancêtre, découvert une tombe à leur nom, ils ont fait leur premier vol en parapente ici. Le village s'est présenté par hasard. Ils se sont installés.

Mon père les rencontre dans la queue de la supérette, lorsqu'il coupe ses bambous, ou dans la rue, lors de ses promenades fréquentes. Et une fois les politesses passées, un intérêt commun trouvé, et une fois les blagues de rigueur, il les convie à l'hôtel pour un verre.

Il aime fixer les rendez-vous à une heure approximative. Il peut ensuite inventer des occupations bénignes, prétexter, taper du bois, savourer l'instant précédant le moment où il se glissera derrière le comptoir. C'est là qu'il prend toutes ses fonctions d'hôte. Il s'installe, étincelle. L'encadrement du bar le protège et le sol légèrement surélevé à cet endroit qui est le sien lui confère toute l'autorité relative au maître de maison. Il sert le jaune, le blanc ou un café noir qui a le luxe de sa mousse. Les invités qu'il surplombe, perchés sur de hauts tabourets, l'écoutent avec attention, lui qui saisit chaque morceau de conversation et le relance. Une fois qu'il se tient ainsi, au centre des regards, il procède à ce que j'appelle *une pêche de surface*. Il se lance, jette une première phrase comme une mouche sur l'eau, une plumette qui, si petite soit-elle, donne tout de même du poids vers l'avant. Il la laisse faire son effet, traîner, puis observe les traits du visage, leurs distorsions. Si ça mord, il se met à agiter l'appât. Quelquefois, il parle de l'ours ou du procès de la centrale hydroélectrique et l'émotion grandit le débat. Parfois, il prononce seulement un prénom et cela suffit à attiser la discussion.

Au village, celle qui fait remuer les lèvres, c'est l'arrivante, Nicole. Elle a des bras fins comme deux lignes et des yeux lents, ternes, qui ne regardent rien avec vivacité. C'est une longue tige abîmée, un brin d'herbe sec. Elle s'est installée à la fin de l'été, il faisait bon, les taons étaient allés mourir je ne sais où. Elle ne s'attendait pas à l'hiver, et la rancœur l'a prise au bout de quelques mois. J'ignore de quelle énergie elle était faite avant d'atterrir là. Si elle était gaie, si elle montait à cheval. Désormais ses chevaux pâturent tout le jour et sa mine s'assombrit.

Les premières semaines, elle reste dehors. Elle perd du poids. Ce qu'elle avale ce sont les échecs successifs. On la voit traverser les champs à toute allure, le visage désemparé, l'air fiévreux. Elle se précipite chez le vétérinaire, passe du pré à la grange, de la grange au téléphone, du téléphone à ses papiers, sans jamais terminer ce qu'elle entame. Livrées aux intempéries, les bottes de foin sont lourdes d'eau, et le ruban électrique traîne au sol entre les arbres. Les tâches se superposent, se confondent, la submergent.

Le matin, elle prend un café à emporter au tabac-presse-boulangerie qu'elle boit seule dans sa voiture, portière avant ouverte. Elle essaie d'être courtoise avec les habitants qu'elle croise mais même cela elle n'y parvient pas. Ses formules sont aussi sèches qu'austères et lorsqu'elle sourit on dirait qu'elle vient de croquer dans un grain de poivre. Le soir, elle rentre tard, trempée jusqu'aux os. Elle s'allonge habillée sur son lit. Fixe le plafond. Ne lit pas. Ne rêve plus.

Sa défaite, elle l'impute à l'encerclement des montagnes. Aux dents de scie noires et pointues. À la langue pendue des habitants. Elle les déteste un peu plus chaque jour, ces pentes abruptes, cette herbe épaisse et piquante quand elle se pose, les nuages surgissant d'un seul coup au-dessus des crêtes et glissant vers le village qu'ils étouffent entièrement en quelques secondes comme le couvercle bien jointé d'une cocotte-minute.

Sa vie est intolérable, elle le sent, mais elle n'a plus faim de rien. Chaque arbre, chaque pierre lui donne envie de crier. Déconcerté par le spectacle de son malheur, et avec l'espoir d'un retour sur investissement, mon père l'aide. Il participe surtout à poser des clôtures parce qu'il aime la scie sauteuse, les clous et le travail bien fait.

Une vache coupe l'espace en deux. Son épine dorsale, une ligne parallèle au sol, sépare deux jeunes femmes aux traits fins. Une blonde, une brune. Toutes deux grandes et minces, le port de tête élégant, les gestes souples, quoique étrangement distants. Elles portent de longues robes noires, un foulard blanc et un tablier sans tache, sans trou. Celle qui est postée derrière, le corps presque entièrement caché, pose une main distraite sur l'encolure et jette un regard tendre vers la vache qui, docile, se tient de profil et ne bouge pas. L'autre, accroupie à l'avant, presse timidement les pis. L'effort manque d'ardeur et ses cheveux rassemblés en chignon, un chignon qui ressemble étrangement à un pain aux raisins posé sur son crâne, indiquent une noblesse qui dénote avec la trivialité de la tâche. Du côté gauche, elle ne laisse aucune place pour la « part du veau ». Sa position la trahit : elle joue à la laitière.

(*La laitière*, Aulus, *début du siècle dernier*)

5

Le village est une surface cabossée, boursouflée, qui cloque et se soulève brusquement sur ses bords pour épouser l'élan des montagnes. Seules deux rues le traversent, le reste est un écheveau de ruelles sinueuses comme de l'eau, à peine assez larges pour une voiture.

Les deux rues du village, veine et artère, pulsent depuis la place principale, le rond-point. La première est la grand-rue, la *carrèra*, la rue principale. Elle dessert le Grand Hôtel de Paris, l'immeuble rose des Anglais, la boucherie, la mairie. L'autre rue ne porte pas de nom. Elle longe la rivière, copie son tracé. Toutes deux font le tour des habitations comme si elles décrivaient un cercle vu de haut, grimpent et se retrouvent à la *Croix du ruisseau*, là où, cloué à sa croix bleu pastel, un Jésus souffreteux déverse des filets de rouille au niveau des poignets. Il fait face aux monuments aux noms d'or, les justes les déportés les oubliés, un bloc de granit levé et lustré, plus brillant, plus clinquant, plus entretenu que n'importe quelle chose du village. Derrière eux, un large chemin de terre s'engage dans les bois. Il mène à la centrale hydroélectrique, traverse une dalle de béton de deux mètres suspendue au-dessus de la rivière, le pont, avant de se diviser en deux chemins à taille d'homme, des chemins musclés de pierres immergées dans la terre. La centrale est construite sur les vestiges d'une forge. On dit *la centrale*, *la Mouline*, *le pont de la Mouline*.

6

Des sons cosmiques s'épanchent dans la rue. Ils émanent de l'immeuble rose en face de chez nous. Du rez-de-chaussée transformé en studio de musique expérimentale par nos voisins les Anglais. Ils s'enchevêtrent aux jappements des chiens, aux gloussements des oies, et allongée sous les feuilles noires du mûrier-platane, j'écoute. Je laisse agir ces bruits en moi, je les laisse se mélanger. J'entends des craquements de roche, des capsules spatiales. Les arbres bondissent de cratère en cratère, les rivières électriques rejoignent l'eau calme des étangs noirs, les portes s'ouvrent et se ferment, grincent, les corps s'étirent. Mon père se moque : « C'est un bruit de grue qui tournicote, ça, non ? »

Les ateliers proposés dans l'immeuble rose attirent des participants venus du monde entier. Armés de perches enregistreuses, ils arpentent le village et ses champs. On les croise près de l'eau, penchés sur une fleur, statiques comme des statues, on les retrouve à la supérette ou en haute montagne, à frotter du lichen, à s'enregistrer le bruit de la semelle ou à capter celui des nuages en plein vent. Les éléments naturels sont à l'origine de leur pratique. Ils ne recueillent que les sons « purs » de la montagne : leur instrument de prédilection. Lorsque mon père parle d'eux, il les appelle les *vegan de la musique*.

Mon père est un homme plutôt méticuleux. Il essuie ses verres de lunettes avec des lingettes anti-rayures, change les piles des télécommandes dès qu'elles sont épuisées, organise scrupuleusement son tas de bois, crème ses mains, cure ses ongles, se rase à blanc tous les matins et coupe ce qui dépasse : poils d'oreilles, poils de nez, tiges neuves et indésirables de la glycine, du mûrier-platane, des bambous.

Ce matin, bien que le froid râpe et tape contre les joues, les insectes restent en suspension dans l'air comme des flocons lumineux. Mon père en profite pour s'attaquer aux pousses de bambou qui pointent hors du périmètre de l'hôtel. Leur coupe, côté rue, est une des techniques les plus efficaces qu'il ait mises en place pour rencontrer de parfaits inconnus. Sécateur à la main, il se glisse sous l'épaisse touffe végétale dans l'angle mort de la rue principale arquée à cet endroit. Il reste immobile, silencieux jusqu'à l'apparition d'un piéton. Alors j'entends les cisailles s'activer. Il accentue exagérément le bruit, remue dans les feuilles et procède méthodiquement à l'élagage en commençant par le bas. Les tiges vertes tombent au sol sans un bruit, en tas. Au son des talons, il se retourne, les bras toujours fourrés dans la haie, l'air affairé. Le passant qui va chercher un croissant, un journal ou des pâtes dit bonjour, étant donné que tout un chacun dit bonjour au village, puis, parce que le sourire de mon père engage, il adresse spontanément un mot d'encouragement quant à l'entretien pénible des bambous.

À ce moment-là, mon père jubile. Cette ouverture est une brèche dans laquelle il s'engouffre tout entier. Il démontre qu'il n'est pas l'idiot des bambous, qu'il ordonne et maîtrise la nature, lui qui a sciemment choisi ce végétal à forte croissance en raison de sa densité. Il raconte la tranchée d'un mètre de large sur soixante-dix centimètres de profondeur, le marteau-piqueur, la bâche anti-rhizomes en polypropylène de deux millimètres d'épaisseur (au moins), l'inspection régulière de ladite barrière anti-racines et de la moindre trace de pousse verte qui viendrait menacer l'équilibre du jardin. De l'autre côté des bambous, j'assiste médusée à son succès, au passant qui s'amuse de l'énergie déployée par mon père pour convaincre, au dialogue qui s'enchaîne, à ce charme qui opère et le rend aimable aux yeux de tous.

7

En dehors de ses fausses notes boiteuses qui la rendent touchante, l'église du village est sinistre : seule et grise, abandonnée derrière des barreaux de prison depuis que les curés manquent. On ne s'y rend que pour les enterrements. On n'y repense qu'en fredonnant l'air enfantin qui sonne à son clocher toutes les heures. Son seul plaisir, sadique en hiver, est de jouir de la lumière plus que n'importe quelle maison du village. Perchés sur les hauteurs, au fond de la *bielle*, l'église et son clocher tordu captent les derniers rayons que le soleil ait à offrir à cette dépression géographique, c'est-à-dire deux heures supplémentaires par rapport aux habitations nichées dans le creux, dans le noir dès 14 heures.

Les jours rétrécissent et mon père se donne l'air de faire quelque chose. Il bouge des papiers, il emballe, il papier-bulle. Il tond, il tape, il déplace les objets trop vus ou trie ses écrous. Souvent, il coupe du bois pour s'occuper et le bruit de ses coups est un son qui rajeunit le village.

Il refuse de jeter, non qu'il se sente concerné par l'écologie, il prétend qu'il n'aura pas le temps de voir les dégâts, mais plutôt par manie. Il accumule de façon excessive, un mal dont j'ai récemment découvert le nom : syllogomanie. Alors il garde et tient à ce que les matières, broutilles et objets, surtout les plus futiles, se trouvent une place au sein de l'hôtel.

Il y a les objets objets, je veux dire les objets qui ont une fonction normée et le démontrent par leur emplacement logique : couteau dans cuisine, aspirateur dans cagibi, chemise sur cintre, canapé dans salon ; et puis il y a les autres, glanés dans des garages, récupérés chez des voisins, stockés pour rendre service ou achetés dans une brocante à un prix apparemment imbattable. Il les met dans des postures d'acrobates, les métamorphose en sculptures précaires. Il ne voit que leurs formes, leurs textures, ne les considère déjà plus comme des objets, et eux oublient vite leur fonction. Ils s'abandonnent aux exercices d'équilibre, aux caprices du père, ils se transforment en quelque chose qui étonne beaucoup les voisins et nourrit le commentaire.

Pour séparer l'herbe des gravillons volcaniques qui mènent à la porte d'entrée, il utilise une planche de bois qu'il enfonce dans la terre, et un de ces gros tuyaux striés verts habituellement employés comme gaine pour faire passer les câbles électriques. Il le découpe dans la longueur au cutter, ce qui n'est ni simple ni logique, puis l'emboîte sur la planche de bois. Dans le salon, la tapisserie de l'énorme cochon encadré par des motifs alternant petites barrières et petits cœurs trône au mur, accrochée par un tube en cuivre. Il suspend les rubans attrape-mouches aux lustres, et dans la cuisine, il vient de fixer en évidence le calendrier publicitaire de tracteurs italiens que le boucher lui a offert. Il en avait reçu deux. Éparpillées dans les pièces de l'hôtel, on trouve aussi ses installations temporaires qui consistent par exemple à mettre en équilibre un dessous-de-plat verni en forme de coquille Saint-Jacques sur un présentoir à fleur en métal courbé.

Récemment, il a repeint tous les volets du premier étage en jaune. Un jaune d'œuf visible du col de Latrape. Un jaune proscrit par le code couleur du plan local d'urbanisme. Des habitants consciencieux, pris d'un élan foudroyant de civisme ou tout simplement frustrés et qui de surcroît s'ennuient, s'en sont plaints à la mairie. Convoqué, mon père a fait remarquer au maire malvoyant qu'un jaune identique habillait le bois d'une autre maison et que le propriétaire de celle-ci devrait lui aussi repeindre. On ne l'a plus jamais embêté.

L'an dernier, Fafa est mort. Et les montagnes n'ont rien dit. Le bulletin municipal a présenté ses hommages, un prêtre camerounais a orchestré l'enterrement suivi par le village au complet. Il y a eu des pleurs. Aulus est un village splendide mais les montagnes restent désespérément fixes. Le boucher, lui au moins, parle. Il occupe le silence, le broie. Comme Fafa à l'époque du tabac-presse-boulangerie. Il avait instauré un créneau approximatif d'une quinzaine de minutes par personne. Le temps d'une consultation, des nouvelles, de la chaleur humaine. Ici, il n'y a pas de clients, seulement des villageois et un village à raconter chaque jour.

Quand j'étais petite je restais bloquée sur ses doigts à la hauteur de mon visage. Ses doigts sur les chocolatines. Ses doigts sans ongles sur les chocolatines. J'avais demandé à mon père pourquoi ces doigts étaient trop courts et sans ongles sur mes chocolatines. Il m'avait expliqué que Fafa était menuisier et que la machine avait avalé ses phalanges.

Lorsqu'il n'y avait pas de vacanciers, Fafa buvait des Ricard avec les hommes du village. Trop de Ricard. Et ça fumait des cigarettes à l'intérieur du tabac-presse-boulangerie. Mais les anciens dansaient. Depuis la mort de Fafa, ça danse moins et les rues s'ennuient.

L'hiver dévore les couleurs et les bancs sont tristes à regarder, nus et parsemés de gouttes d'eau. Les vieux ne sont plus là où ils sont d'habitude, assis autour du rond-point, les coudes posés sur les genoux, à faire rouler leurs yeux au sol, au ciel, à macérer des pensées inconnues. Ils ne sont plus là à prêter aussi précisément attention aux choses du dehors, au soleil, aux passants, au grondement soporifique de la rivière. Les conversations de trottoirs sont rares et brèves, les voitures échouées sur les trottoirs gris comme des carcasses. Les corps emmitouflés se pressent entre deux points chauds, vers la voiture, la porte d'entrée. La vie s'organise autour du foyer.

Pince-cul poursuit malgré tout ses tours de village. Il inspecte et ratisse, s'arrête deux fois par jour devant la grille de l'hôtel. Il arrive le dos rond, en traînant la patte. Lorsqu'il parvient derrière les bambous, il secoue les feuilles comme un enfant. Il patiente et écoute, l'air hagard. Partout où il accroche un murmure, une fourchette qui racle l'assiette, il se tapit dans un coin, une ombre, le temps d'intercepter le mot qui lui permettra de s'immiscer dans l'intimité des jardins. Parfois il se cache à l'intérieur des maisons, dans une chambre, c'est déjà arrivé, si la porte d'entrée reste ouverte.

Enfant, le timbre nasillard de sa voix me faisait bondir. Désormais, je suis si habituée à ses apparitions impromptues que je les attends. Je vois sa silhouette approcher, son poing prêt à s'abattre sur la vitre, puis je regarde à travers la fenêtre son corps disparaître, se faire absorber par le tournant de la rue.

Pince-cul est surnommé ainsi en raison d'une de ses lubies : il pince le derrière des enfants au tire-fesses de la piste *Baby* où il travaille l'hiver. Et quand il ne pince pas les fesses des enfants, qu'il ne tire pas sur les feuilles de bambou, il tape furieusement contre les fenêtres ou ferme les volets, cache les objets qu'il peut attraper (surtout des clés mais aussi des téléphones portables), relève les essuie-glaces des pare-brise, lance des cailloux en cloche au-dessus des clôtures ou tourmente les enfants. Il aime leur annoncer de faux décrets gouvernementaux, notamment la suppression imminente et définitive des grandes vacances. Il ponctue invariablement ses farces d'un « je te blague » gueulé tellement fort que les enfants s'enfuient à toutes jambes et que les adultes décontenancés n'osent trop rien dire.

8

Les jours sans nuages, je pars cueillir des fleurs poilues. Des chardons bleus, des crocus à peau de soie. J'allonge les végétaux sur des feuilles blanches, j'écrase de livres, je prépare les itinéraires pour mes marches d'été. J'explore, j'apprends.

J'apprends la lumière du matin qui peine, vacille, s'élève faiblement au-dessus des crêtes avant de peindre chaque brin d'herbe. J'attends qu'elle glisse et révèle la *soulane*, la pente de lumière. Ensuite, le grand rond jaune domine tout-puissant le temps de tracer son bout d'arc trop court et de retomber de l'autre côté de la vallée, le mauvais, pas le nôtre. J'apprends les chemins d'herbe écrasée, tapis, les routes de ruban gris, les cirques où se marient l'eau, la pierre, le *gispet*. J'apprends le mot *gispet*. L'herbe glissante, gelée, mouillée, trop grasse. J'apprends les arbres solitaires qui poussent droit malgré le dévers, les passages délicats, les échelles en fer à béton vissées sur la roche, le corps serré contre la montagne, pendu dans le vide.

J'apprends à regarder les hôtels miniatures amassés autour de la cure, les saisons, la pluie, les bacs acier les toits d'ardoise les tôles ondulées, striés de barres à neige, tenant tous ensemble contre.

J'apprends le jour qui ne décline pas mais tombe d'un coup comme un rideau de théâtre. J'apprends la morsure de la nuit, organique et brutale, les murs dévorés de noir. La nuit qui sue et s'insinue, qui transforme la rivière en courant d'encre sombre, qui apporte avec elle son vent de pierre, ses gouttes de rosées grasses et bombées. La nuit qui engloutit les chemins et rend les troncs humides au toucher, la nuit seulement trouée par les phares de voitures et la lumière crue des lampadaires.

J'apprends les trottoirs blanchis par la neige, la *néou* qui rend au jardin sa rondeur, à la fumée son espace. J'écoute à travers les feuilles de bambou les horaires où les corps du village ont leurs habitudes. J'apprends leurs déplacements, puis l'existence de René. J'apprends à l'admirer de loin.

Long et sec comme une brindille, solaire, René occupe ses journées à fouiller la montagne à la recherche du beau nœud, de la branche anthropomorphique. Il emprunte à la forêt des visages et des corps, des têtes de loup parfois ou des serpents entiers qu'il rapporte à son atelier. Quand la plupart guettent la sortie des morilles ou traquent le gibier, lui, le monsieur de l'*Imagerie végétale*, accumule les petits trésors d'altitude. Face à la beauté de cet homme dénué de cynisme, les autres disent : « l'artiste du village ». Il collecte les pierres, sélectionne les plantes rares. Il les passe à la presse, les superpose, il traverse la matière.

En dehors de ces longues balades sylvestres, il nourrit les chats avec qui il partage son domicile et la grange, de l'autre côté de la route. Des bols laissés devant la porte qu'il remplit deux fois par jour et un lieu circonscrit dans lequel les félidés restent sages, placides, presque invisibles aux yeux du village.

En face d'Aulus, il y a le Pouech. *Pouech* veut dire mont, monticule, éminence. Le Pouech est une éminence verte, une montagne raide au cou tronqué, abrupte et solitaire, dégoulinante de torrents, hirsute de pins sur ses flancs et pourtant chauve. Son sommet arasé, adouci par le temps, est le seul sommet vert des alentours. Un sommet de velours.

Ceux du village qui ont une fenêtre, et tous ont une fenêtre, regardent longuement le Pouech. Ils le regardent longuement parce qu'il est central et plus dangereux que n'importe quelle montagne d'une altitude supérieure. Il se tient au milieu de l'arc rocheux comme un phare avant le sauvage. Derrière lui, ce sont les grandes, les grises.

Mon père accumule tant que l'hôtel devient une grande conserve. Les objets s'entassent jusqu'au plafond, ils creusent entre eux des couloirs étroits pour des corps de biais. Afin de parer au désordre, mon père regroupe les objets par catégories puis les répartit dans des chambres à thème. Les étages se transforment en placards, les chambres en tiroirs. De manière non exhaustive, rien qu'au premier étage, je peux lister :

- la chambre électronique : un grille-pain ayant déjà prouvé sa dangerosité, un compresseur à air, un aspirateur à eau, des chandeliers filaires et un lave-vaisselle compact Top 4 ;
- la chambre lits en kit : superposés, pliés, démontés, monoplaces ou à ressorts métalliques ;
- la chambre couchage, illustrant de près ou de loin *La princesse au petit pois* avec ses matelas multicolores empilés jusqu'au plafond ;
- la chambre sports et loisirs, dans laquelle on trouve un filet d'entraînement pro-size driving net de golf (utilisé une seule fois), une pompe à pied, une canne à pêche, six réchauds de tailles variées, une voiture téléguidée Wheel Power, des guêtres

d'équitation, un arc junior et un baudrier de chantier ;

- la chambre bois : tas de voliges séchées utilisées comme allume-feu pour la cheminée ;
- la chambre maquettes qui conserve des châteaux de la Loire construits en boîtes d'allumettes par le cousin d'un ami de mon père, à ses heures ;
- plusieurs chambres meubles et divers où sont rangées les choses qui ne rentrent dans aucune catégorie telles qu'un sapin de Noël en plastique, une chicha géante, des magazines auto, un égouttoir orange, des pneus, des portes et le mixeur n° 1 de Moulinex ;
- et enfin l'atelier d'apiculture de Paul, devenu le meilleur acolyte de mon père au village : une réserve d'alcool, un fer à souder, des cuves et des tamis, des coquilles vides d'escargots et la blancheur du plastique neuf.

Paul s'est mis en tête de devenir apiculteur. L'idée a dû germer dans son esprit en visionnant un reportage à la télévision. Elle a pris racine, fermement, puis s'est développée jusqu'à ce que les mots lui sortent de la bouche : « Je vais faire du miel. » Une fois prononcée à voix haute, il s'est accroché à cette phrase comme à un rocher. Car Paul est aussi fier que têtu. Il s'est initié au parapente en parcourant un magazine, puis à la spéléologie en entrant dans toutes sortes de trous, crevasses et anciennes mines d'Aulus. Il se dit prêt à avancer à quatre pattes sur une crête épineuse en pleine tempête et reste le dernier à pratiquer le chemin du Blondin, un passage à fleur de falaise, large comme une semelle de chaussure.

Antoine a des pieds circonflexes et un dos escargot. Il est roulé sur lui-même, enfermé dans sa coquille. Seul son bras droit, frêle, flotte au-dehors. Le reste de son corps est un point autour duquel les calèches, les employés de la cure et les mondains tournent. Ils rient en le voyant, le montrent du doigt. Ils l'appellent l'idiot. Mais lui reste debout, planté dans l'herbe moite, toute son énergie conduisant au port de ce bras qui s'ouvre en une main offerte. Et lui ressent cette altitude des regards qui écrase sa poitrine difforme, lui pèse sur les épaules, le tasse encore dans le sol.

De jour en jour, il se fane, sa tête flanche, son dos se voûte. Il se recroqueville, gêné par son corps. Ou bien, il se met en boule pour accentuer le mouvement de ce bras qui s'échappe de son monde intérieur vers l'extérieur, cette main tournée vers le ciel. C'est un geste simple et très beau qui dessine une virgule de son épaule basse jusqu'au bout de ses doigts. Il y a une humilité dans sa position, mieux, une délicatesse. Ce geste d'aumône, qui pourrait être sordide, qui traduit sa détresse en même temps qu'une conscience, est en fait gracieux. Antoine se présente au monde.

(Nicolas – dit aussi Antoine –,
Aulus, début du siècle dernier)

Cette fois-ci, Antoine s'est redressé. Il se tient d'un bloc au fond du parc, à l'entrée de la grotte-buvette où coulent les sources thermales. Cadré par l'arc rocheux, il se détache nettement de la grande bouche noire derrière lui. Le lierre accroché à la pierre coule tout autour de son corps en cascade, Antoine est plein d'une grâce nouvelle. Il porte des sabots et des habits propres, une chemise blanche, un pantalon trop large, un béret noir. Il semble confiant. Ses lèvres s'étirent largement sur ses dents, un sourire qui dessine des traits de joie sur sa joue. Sa jambe gauche s'élance vers l'inconnu, son bras fait angle droit. Il ne dessine plus une virgule mais indique une direction, une ligne franche qui attire les autres vers lui. Ouverte à plat dans la continuité de ce bras, ferme, sa main attend la pièce avec l'assurance obligée du péage. Rien en dehors de sa main droite, trop grande et paralysée dans une crispation inhabituelle, ne dénonce son infirmité.

(Antoine devant la grotte-buvette,
Aulus, début du siècle dernier)

9

Mon père s'est cassé la gueule en tombant. Ou plutôt : la cheville. Il marchait tranquillement, nonchalant. Il partait faire ses courses chez Marie, ravi du modèle de bougie pour tondeuse introuvable qu'elle avait dégoté pour lui et qui l'attendait en caisse. Il regardait tout droit en direction du portillon, du magasin et de la bougie de tondeuse, et son pied n'a rien vu venir. Il n'a pas pu éviter le trou, le seul du jardin, un accident de terrain minime. L'herbe était gonflée de pâquerettes et il n'a pas crié. Les os de la cheville ont craqué, partis en miettes d'un coup, le mauvais angle, une profondeur inattendue, mais il n'a pas crié. Il est resté un moment étendu au sol, impuissant face contre terre. Personne n'a pu le voir derrière le mur de bambous. Il a dû ramper dans l'herbe, lamentable, retourner à l'intérieur de l'hôtel chercher ses clés de voiture puis s'est conduit seul à l'hôpital, contrôlant les pédales de son seul pied encore valide.

Je ne sais pas si tout provient de cette chute ou du

kyste qui rayonnait déjà dans son dos, de l'aiguille sale qui a tourné retourné recousu et laissé ses bactéries, mais ensuite son corps a commencé à se détraquer. Ça a commencé par les mains puis ça s'est répandu par plaques, dans le dos, sur les jambes, le nez.

Il se réveille avec l'intime conviction d'être en bonne santé. Il se lève tôt, je l'entends chantonner dans la cuisine. Il sort un entonnoir de papier, le remplit de café, lance la machine. Il pèle ensuite une pomme en retirant la peau d'une traite, une épluchure plus volumineuse que la pomme elle-même qu'il laisse en évidence dans une coupelle bleue. Mais il se lève de moins en moins tôt et ne prend plus la peine de retirer l'épluchure en un seul morceau. L'irritation surgit au moment du café. Sa peau est un incendie à éteindre, il se presse à la salle d'eau.

Mon père est allergique au soleil. Tel est le verdict des experts en dermatologie. Ni le cou, ni le poignet, pas même les ongles : aucun grain de peau ne doit entrer en contact avec un rayon lumineux. Il se protège par une chemise claire, un bob à ficelle, des lunettes noires et des gants, presque entièrement couvert de cette couleur beige teintée de vert. À partir du printemps, mon père ressemble à un colon en safari.

Il ne prend pas le diagnostic à la légère. Je dirais

même plus, il en fait une affaire personnelle. Je veux dire par là qu'en dépit d'une ignorance presque totale en dermatologie, mais en considérant l'incapacité des professionnels à l'aider, il s'en occupera seul. Il dissèque des thèses portant sur le sujet, recoupe les informations, commande d'obscurs produits aux effets indéterminés et devient son propre cobaye. Il pioche dans son aromathèque de drôles d'huiles essentielles, de l'argile rose verte blanche et toutes sortes de crèmes qu'il éprouve sur des échantillons de peau. Il se fait de la cuisine de corps. La salle de bains reste occupée des heures. Il en ressort cireux et luisant, presque fondu.

Dehors les taons commencent à attaquer. Mon teint brunit. Alors que mon père enfle, une brioche rouge, attend sous les couvertures à tacher les draps sans gémir, je m'éclipse en silence. Je pars rejoindre un coin désert entre midi et deux, un coin à moi, trouvé agrippé tenu. C'est un banc duquel regarder le village de loin, près des bêtes. J'emprunte les ruelles où l'air durcit. J'évite la grand-rue, je salue les chiens maigres et sales couchés au-devant des portes qui reniflent les murs et les herbes vertes, qui remuent les feuilles la terre la queue, qui me toisent tête baissée, poils groupés en plaques de boue sèche sur le dos. Je longe le derrière aveugle des dernières maisons sous l'église et j'arrive aux potagers fleuris. Ce sont de petites parcelles carrées, collées ensemble et soignées au soleil. Elles sont délimitées par des clôtures basses et souples, des portillons branlants sur le flanc droit, et accessibles par des escaliers d'ardoises microscopiques à gauche. Des œillets d'Inde ou des jonquilles bordent les lignes droites et dorées de légumes tardifs. Au centre, attenant au dos rond de la source qui relie chaque parcelle par ses boyaux de tuyaux jaunes, trône mon coin, un banc éclatant de lumière, tout gonflé de la chaleur accumulée du matin. D'ici, je contemple le ballet des voitures qui entrent et qui sortent, les flancs charnus qui s'effilent vers les pics, et la vieille dame aux yeux serrés par le soleil qui vient tous les jours en contrebas, dans un jardin d'herbes hautes et d'arbustes ronds. Enveloppée jusqu'aux pieds, la jupe longue, la paume ouverte vers le ciel, elle cueille des jonquilles. Elle les saisit à l'endroit où le sol rencontre l'air et les plie d'un coup sec comme on casse le cou d'un poulet. Elle les offre ensuite à sa main gauche qui regroupe, colle les têtes les unes aux autres, fleurit.

Peu à peu la façade de l'hôtel verdit. Le vieux crépi cabossé sert d'agrafes au lierre fou planté des deux côtés de la bâtisse. Indifférent à la gravité, il pousse à une vitesse effroyable. Il s'élance vers le toit, je suis sûre qu'il cherche à envelopper tout le bâtiment. Ses racines minuscules, de petits ongles crochus, s'agrippent aux pics de l'enduit comme les mains expertes d'un grimpeur. Il court entre les fenêtres et écrase les volets. Il étouffe la façade. Plus il pousse, plus elle s'arrondit, se liquéfie, plus elle ploie sous la force tranquille du végétal.

10

Pierre pousse le portillon du jardin. Il avance un pied, ose un pas, incline sa tête vers moi. En m'apercevant, ses joues naturellement fardées rosissent. Pierre est timide. Il porte un large béret de laine, ses yeux sont noirs, ses cheveux aussi, et sa moustache est semblable à celle de Brassens.

Pierre est un homme qui chante en marchant. Chaque jour, dans les rues du village, sa voix file entre les maisons et se déverse tout entière dans les jardins. C'est une voix d'une tristesse d'arbre, douce et souterraine, qui secoue et s'étend, s'élève au-dessus des murs et enveloppe les gens de candeur. L'après-midi, il rejoint le banc situé près de la rivière et siffle pour les truites. Il reste seul, sans honte ni solitude.

Là, il se tient tout droit dans le jardin, les pieds à peine arrivés sur la pelouse, et je ne sais pas quoi dire. J'annonce timidement que *le patron n'est pas là* mais il reste planté comme un piquet, l'air décidé à attendre. Je lui apporte une chaise, il s'assoit, mutique, et je profite de son silence pour observer sur son visage cette plénitude qui le caractérise, comme s'il contenait un monde immense en lui, caché. Je lui demande ce qu'il désire écouter puisque son tourne-disque est encrassé, qu'il n'a ni ordinateur, ni radio, et il me répond tout bas *Le paradis perdu*.

Pierre ferme les paupières. Soudain il sourit. Lucienne Delyle fait rouler les premiers mots entre ses lèvres et Pierre imprime sa voix par-dessus la sienne. Le jardin a fondu, il ne reste plus que les montagnes autour de nous, et à travers sa voix grave, je sens le passé pousser, remonter, dresser mes poils. J'examine sans comprendre mon bras puis le sourire discret de Pierre et je me prends à rêver de moissons collectives, de hauts-de-forme et de haut-parleurs en fleurs, de vergers étalés à même la montagne.

Mon père ne l'a pas vue depuis l'automne, il l'évite. Le désespoir de Nicole l'ennuie. Il ferme le portillon à clé, ne répond plus au téléphone, et dans le jardin, il fait la sourde oreille. Il s'écarte lâchement du centre équestre et de Nicole, de ce rêve usé qu'il avait de posséder son propre cheval à défaut d'un âne qui aurait amplement suffi à porter son litre de rouge en montagne. Mais elle insiste. Elle crie son nom de derrière les bambous. Elle klaxonne en voiture lorsqu'elle passe devant la grille de l'hôtel. Elle oblige et lui abdique. Il cède régulièrement, plus par paresse que par compassion.

Nicole loge dans une masure de bric et de broc de l'autre côté de la rivière. On ne peut pas dire *maison*, on ne peut pas dire *pavillon*. Ces mots-là ne vont pas. On dit *le chalet* même si le chalet est une baraque de planches noircies par la pluie. À partir du pont, l'asphalte se dérobe et laisse place à la terre battue, la poussière, les trous boueux travaillés par les sabots des chevaux. Des pots cassés, un banc et quelques chaises bancales en plastique : le jardin qu'elle n'entretient plus. Elle est la seule à vivre sur ce bord-ci du Garbet, avec ses castillonnais, ses mérens, sa chienne Ada et les caravanes éventrées.

Nous nous asseyons à l'intérieur. Nicole se tient dans un coin du salon, du foin accroché à la laine de son pull. Elle s'empresse de parler. Le vaccin, les bactéries pulmonaires, le manque du pays et le prix de l'essence, l'autre qui a osé lui toucher le bras, le fou qui vient la nuit et le père de sa fille qui n'envoie pas de chèque. Elle dit beaucoup, elle voudrait dire plus encore. Elle pense à lui et à elle, à ce qui aurait pu mais n'a pas. Aux autres qu'elle maudit. Elle pense à partir, les mois passent, elle ne part pas et ne prend même plus la peine de remettre en place les clôtures à terre. La nuit, elle court derrière ses chevaux à la frontale. Elle nous parle de tout ça. De ce tas de malheurs qu'elle concentre.

Avec le vacher, ils s'arrachent les terrains, se déclôturent les bêtes. Elle essaie de dresser des gens contre lui, contre eux, elle convoque la gendarmerie et dépose des mains, mais les règles d'ici, elle les ignore. Les implicites. Leur résistance, elle ne sait pas. Elle joue seule parmi les montagnes et ses nuits sont écarlates. Eux résistent au silence et sont droits, elle s'épuise contre des murs, des piquets, des fils électrifiés. Elle ne s'en sortira qu'en partant, elle qui voit le rouge sans voir le vert. Elle, l'étrangère qui remue l'air. Qui racontera sa venue et son départ ?

11

Une tache vive progresse dans la montagne. Elle s'y colle, le rouge s'en détache. Elle avance dans un amas de roches entrelacées comme un nœud. Les blocs durs ont formé un escalier à trous, des fonds noirs et profonds dans lesquels elle ne veut pas laisser glisser une jambe. Posés sur un angle, une excroissance, les rochers dans leur chute ont trouvé leur place. Ils ne bougent plus ou à peine, il faut les toucher du pied pour en avoir le cœur net.

Elle escalade un déluge de pierres. Je dis *elle* parce que je viens de perdre ma voix. Mon corps est une chose mutante qui se déplace les bras devant, les mains alertes. Peu à peu, je prends de la vitesse, ma respiration se cale, mes mouvements se font plus brefs, plus fluides, mon sang coule lentement sans que je puisse m'expliquer les circonstances qui rendent cela possible. Je me jette vers l'avant, colle aux aspérités, peine à repartir mais m'étends progressivement. Des prolongements inconnus augmentent mes membres. Je les sens

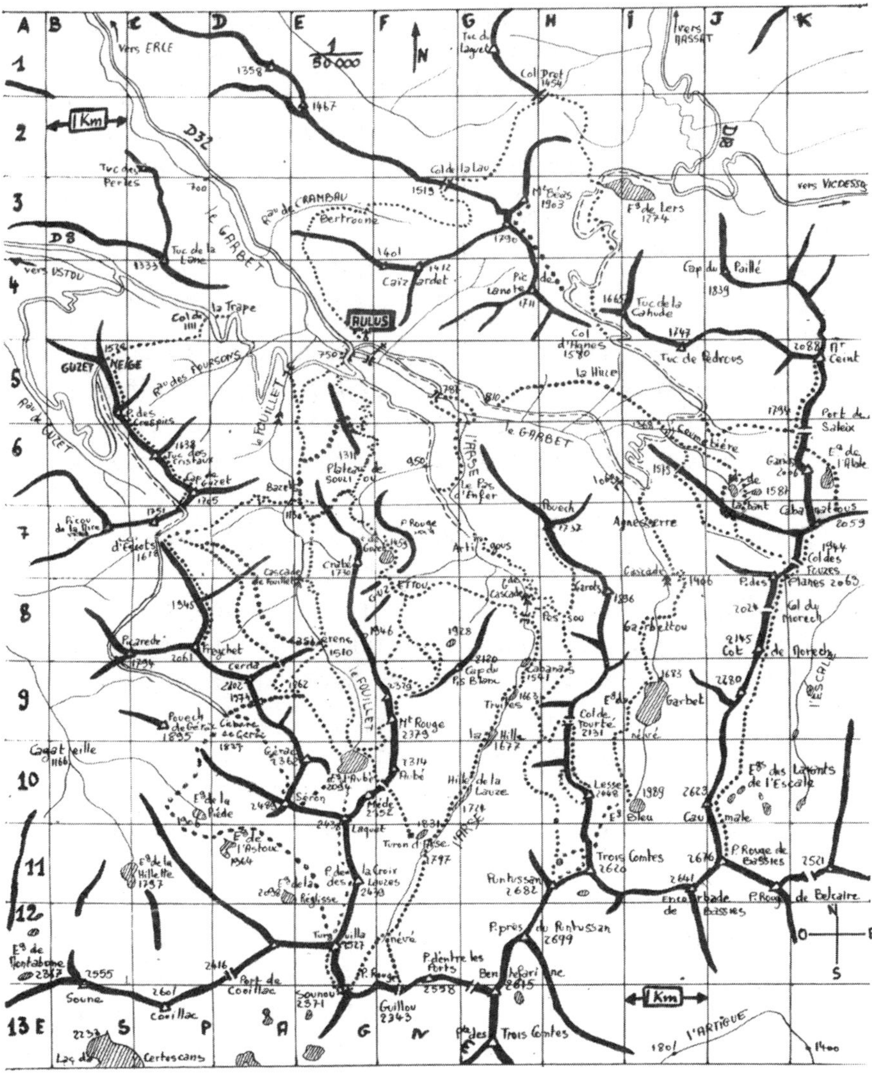

A B C D E F G H I J K
1 2 3 4 5 6 7 8 9 10 11 12 13
1/50 000
N
1 Km
Vers ERCE
Tuc du Layret
Col Dret 1454
vers MASSAT
D8
vers VICDESSOS
1358
1467
D32
Tuc des Perdes
700
le GARBET
Col de la Lau
1519
Mt Béas 1903
Ed de Lers 1274
Rau de CRAMBAU
Bertronne
1790
D8
Tuc de la Lane
1333
vers USTOU
1401
1412
Caïzardet
Pic de Lanote
1711
Cap du Paillé
1839
1665
Tuc de la Cahude
AULUS
la Trape
Col de 1111
Col d'Agnes 1580
1747
Tuc de Pédrous
2088
Mt Ceint
GUZET NEIGE
1538
750
la Hille
Rau des FOURSONS
Rau de GUZET
le FOUILLET
781
810
le GARBET
P. des Craspies
1794
Port de Saleix
Coumebière
1638
Tuc des Cristaux
L'ARSE
Plateau de Souloumou
950
Le Pas d'Enfer
Cap de Guzet
1765
Pic de la Pire
1351
Bazet
Pouech 1732
Agnesserre
1515
Cabanatous 2059
Garbet 2096
Ed de l'Albe
1587
Col des Touzes
P. Rouge
Arti gous
Cascade
1406
P. des Planes 2063
Crabé 1730
Cascade
Guzet Ettou
Pas sou
1836
2024
Col du Morech
1345
Picaredr
Froychet
2061
1794
Casasérens 1510
1946
1928
2120
Cap du Pis Blanc
Cabanas 1547
Garbettou
2145
Col de Morech
Cerda
2202
1974
1862
2379
Truites
1663
Col de Pourté 2131
Ed du Garbet
1683
2280
Pouech de Gérac 1895
Cabane de Gérac
1839
Mt Rouge 2379
la Hille 1677
névé
Cagateille
1166
Gérac 2362
Ed l'Arbu 2034
2314
Arbè
Hille de la Lauze
Lesse 2468
1989
2623
Eds des Lavants de l'Escale
l'ESCALE
Ed de la Pède
2484
Séron
Mède 2352
1724
Ed Bleu
Caumale
Ed de l'Astoux 1964
2473
Laquet
1831
Turon d'Arse
1797
Trois Comtes 2626
2676
P. Rouge de Bassies
2521
Ed de la Hillette 1797
P. de des Lauzes 2479
la Croix
Puntussan 2682
2641
Encourbade de Bassies
P. Rouge de Belcaire
Ed de la Réglisse
2098
P. près du Puntussan 2699
N
O
E
S
Ed de Montabone 2347
Turguilla 2527
névé
2555
2416
Port de Couillac
P. d'entre les Ports
Ben Ufarlane 2615
Soune
2601
Couillac
Sounou 2371
P. Rouge
Guillou 2343
2558
Pic des Trois Comtes
1 Km
l'ARTIGUE
1801
1400
13 E S P A G N E
2237
Lac de Certescans

s'agripper à chaque obstacle. Je ne vois plus que par mes mains, mes pieds. Mes mains qui ne sont plus des mains, mes pieds qui ne sont plus des pieds. Mes mains sont des grappins, mes pieds des crochets, mon corps l'élastique tendu entre les deux.

Ce matin encore, je songe aux prochains départs. Aux corps qui construisent des espaces, aux espaces construits par des corps. Je regarde cette carte punaisée dans l'abri du jardin. C'est une carte peinte à vue, à l'encre de Chine. Celui qui l'a dessinée devait se tenir tout en haut de la montagne un jour clair, au-dessus des cirques suspendus, dans un hélicoptère ou sur la crête frontalière. En traits noirs et gras, il a fait surgir les crêtes, de longs bras solides qui protègent les dépressions du vent. Dans des lignes sinueuses apparaît l'eau, et en blanc la terre vierge, l'herbe, la roche. J'observe cette carte sans intention. Je l'examine avec les yeux, puis avec les doigts. Je les promène dans les zones blanches, j'effleure les creux, les passages où bientôt je ne serai pas autre chose qu'un corps, une enveloppe mue par le simple désir de marcher.

Ma main contourne les lignes sombres, se heurte aux épines. Elle en scrute la peau dure, les bouts pointus. Ce qu'elle parcourt c'est l'ossature d'une plante de granit aux ramures folles et crochues qui grimpent à l'assaut du papier blanc. Au sud, les racines sont liées en un rhizome tenace : la crête frontalière. Elle traverse la feuille d'ouest en est, du pic des Trois Comtes jusqu'au Turguilla. C'est ici que naissent les rivières, au niveau des racines. Elles dévalent la montagne, s'échappent vers le haut de la feuille où les jets d'encre s'épuisent en fines pousses. Elles se rejoignent dans le grand noyau blanc, à Aulus.

Sans doute parce que les cirques qui les contiennent sont longs, étroits et collés, ils ressemblent aussi à des doigts qui ouvriraient des chemins à l'eau. Dans l'index coulerait l'Ars, dans le majeur le Garbet, dans le pouce le Fouillet.

Paul s'est enfoncé jusqu'au milieu de la rivière pour pêcher. L'eau le prend jusqu'aux cuisses et les bouquets de noisetiers ne le protègent plus des rayons violents d'été. C'est un autre Paul, Paul n° 2. Les taons mordent sa nuque, des gouttelettes ruissellent le long de ses joues brunes, dans sa moustache. Ses sourcils retiennent de petits étangs brûlants. Il n'y pense pas. Debout, invincible, il laisse le bourdonnement de l'eau envahir sa tête. Il est prêt à attendre des heures, des jours. L'impatience, il l'a laissée au village, et à présent il sonde les moindres manifestations de la rivière.

Minutieusement accrochée au bout de sa ligne, la

mouche virevolte à la surface de l'eau. Elle s'agite en de brèves contorsions, comme si ses pattes essayaient de déchirer la frêle enveloppe qui emprisonnait ses ailes. Il l'a confectionnée à partir de plumes de coq, très courtes, et de poule, plus longues, plus molles. Paul n° 2 fabrique toutes sortes d'appâts adaptés aux saisons, à la température de l'air, à la puissance du vent ou à la luminosité ambiante. Son grand-père lui a tout appris : les mouches, les nœuds et la pêche *Tenkara*, une technique simple permettant de pêcher court avec pour seuls moyens une canne, un fil, la mouche. Pas de moulinet, pas de superflu. Ne reste que l'essentiel entre le pêcheur et le poisson, la ligne à peine visible appelée *soie*. *Tenkara* signifie « depuis le ciel ». Du point de vue d'un quelconque poisson à l'œil mou, la mouche descend du ciel comme une poussière, de manière divinatoire. La soie serpente, le leurre se pose en douceur et fait dériver le rayon lumineux : la truite.

Cela fait peut-être une heure que Paul n'a rien vu bouger. À force de fixer l'eau, il voit des sourires narquois dans les creux, et pendant qu'il se demande, les pieds engourdis, le bras raidi, si cette eau transparente n'est pas tout simplement de l'air comprimé, une truite se décolle de derrière un rocher pour venir gober en surface. Son cœur palpite. Il ne faut pas que sa mouche tombe trop juste, au risque de manquer le poisson. Ne faire aucun mouvement brusque. Il jette sa ligne en lancer-fouetté et promène l'hameçon par à-coups, comme un éphémère. Il s'est tellement entraîné à simuler le déplacement des petits trichoptères qu'il y croit vraiment, comme un marionnettiste qui se surprend à regarder sa main bouger. La truite remonte en flèche. Coude au corps, pouce allongé sur le liège, Paul donne un coup sec du poignet. Le poisson saute dans les airs. De l'autre bras, il présente l'éprouvette au ciel. La truite tombe dans le filet, capturée. Il la saisit d'une caresse poisseuse, observe le ventre nacré, les flancs constellés de points vert olive, auréolés de bleu, très pâle.

12

Un vent plein renverse les arbres du village. Les maisons sont éteintes, la plupart des rues désertes. Les chiens sont couchés, rentrés, il n'y a pas de voiture. C'est soir de réunion municipale et la vie se concentre uniquement sur quelques mètres carrés, le parvis étriqué de la mairie. On entend des éclats de voix fortes, pressantes, parlant toutes à la fois. Il s'échange des poignées franches à faire craquer tous les os de la main, et d'autres sans volonté, le bras mou.

Proche de la porte, le maire virevolte. Il parle avec ardeur, grandeur. Agglutinés sur lui, ils sont cinq. À grappiller quelques mots, à le gratifier de commentaires sirupeux sur le livre qu'il vient de faire paraître : une couverture de polar, un titre jaune, accrocheur, et des pages et des pages de jargon judiciaire relatif au procès de la centrale hydroélectrique. Mon père est présent. Il ne rate aucune de ces réunions qui l'enivrent. Il se faufile entre les groupes, écoute à droite, à gauche, enquête sur le contenu du livre du maire.

Tous remuent encore un instant puis c'est l'heure. Ils écrasent leurs cigarettes, éteignent leurs portables, retirent leurs vestes. Les retardataires pressent le pas et, progressivement, les groupes épars se condensent en un seul corps souple qui se faufile en entonnoir à travers l'embrasure de la porte. Dedans, ils se déversent sur les chaises vides rangées en lignes parallèles, et, d'un coup, ils sont tous là : Marie, Paul n° 1, Paul n° 2, Pierre, Jean, Nicole, René, Pince-cul, les sages, les gros bras, les petites têtes et les grandes gueules.

Dans la salle communale, les fils pendent du plafond et les bras le long des sièges. On parle d'une voix basse, contenue, puis les murmures s'amenuisent jusqu'au silence. Le maire se lève, s'avance péniblement en direction de l'estrade. Sa vue est réduite et il progresse lentement, tâtonne sous le regard inquiet de l'assistance, manque de tomber, enjambe les quelques centimètres qui le séparent du carrelage, fait volte-face.

Salutations, remerciements. Sans précipitation mais sans perdre de temps, il se met à relater « la lutte effrénée » de la mairie contre l'installation illégale des compteurs Linky. Il rappelle les intrusions répétées d'employés EDF pour poser les boîtiers vert anis, incite à garder l'œil ouvert. Il évoque ensuite une recrudescence anormale du nombre de chats, un enfleurissement progressif du village, deux ou trois décès regrettables, et en vient au véritable sujet : la centrale hydroélectrique. Procès n° 1, procès n° 2, procès n° 3. Faits d'ores et déjà connus de tous qu'il s'attache néanmoins à récapituler avec soin.

Chacun s'accommode à sa façon de l'ennui. Les têtes penchent légèrement d'un côté, penchent encore, puis basculent tout à fait contre un dossier ou une poitrine. Les bouches s'entrouvrent. En dehors de l'équipe municipale, seule la correspondante de *La Dépêche* écoute. C'est une femme frêle et pourtant inépuisable. Assise au premier rang, elle couve le maire d'un regard tendre et l'approuve de hochements de tête réguliers, gardant haut ses sourcils sur son visage, en cloche, comme si elle s'étonnait à chaque mot, elle qui couvre pourtant l'affaire depuis ses débuts. D'autres considèrent le cubi de rouge, évaluant probablement le temps qui les sépare d'un verre. Mon père somnole.

Au bout d'une vingtaine de minutes, plus personne ne tient en place. D'abord, c'est un toussotement çà et là, un pied qui tape, métronomique, un ou deux soupirs, puis très vite les chaises grincent de toutes parts et des chuchotis contagieux viennent entacher l'allocution du maire. Il continue son discours ficelé jusqu'au chiffre d'affaires de la centrale hydroélectrique, recette conséquente qui revient désormais à la commune. Les nuques se redressent, les pupilles s'illuminent.

13

La centrale c'est un cube rose posé au milieu des bois. Au départ, l'eau provient de l'étang Bleu. Elle descend une gorge abrupte jusqu'à l'étang du Garbet, plonge en cascade jusqu'au cirque de Garbettou, s'efface en parcours souterrain, réapparaît à l'air libre, coule lentement sur le plateau d'Agnesserre, puis dévale un lit très encaissé jusqu'aux abords d'Aulus. Là, elle croise la centrale. Quatre murs de parpaings recouverts d'une couleur crème, aucune fenêtre, un toit de tôle, des poutrelles rouges et pour seule entrée un rideau métallique enroulant.

Personne n'entre dedans. Le bâtiment fonctionne sans les hommes. Il ne rejette pas de goudron, pas de carbone. Aucune fumée, pas même de la vapeur. Mais chacun entend le grondement sourd qui court jusqu'au village et que le bruit du torrent ne recouvre pas. On dirait même que le bâtiment aspire le gave et le recrache dans le vent, comme un appel, une plainte de l'eau. C'est un son d'une intensité constante, un râle. Il aurait dû avertir. Pourtant je ne me suis jamais posé de questions. Je crois que personne ne s'est jamais posé de questions. Sans doute à cause de la façade en carton, de la grille, des panneaux. Qui aurait pu s'imaginer que le son des turbines dissimulait une société-écran, les mensonges de deux maires successifs, des réunions municipales fictives ? De faux papiers et l'incrédulité du village ?

Du dedans, je n'ai jamais rien vu, mais le principe est beau. L'élan, le relief, la gravité. On m'a dit que la centrale utilisait puissance et étroitesse, qu'elle cherchait un équilibre dans la démesure de l'eau. Ici, c'est le courant du Garbet. Sa force actionne une turbine, la turbine entraîne un alternateur et l'alternateur génère l'énergie. La centrale ne court-circuite même pas la rivière. Elle n'enlève que ponctuellement l'eau puis la relâche immédiatement. Les poissons, les sédiments, les galets, la mousse traversent. Et si on l'enlevait, il ne se passerait rien. Les poissons s'en foutraient.

14

Mon père se tortille. Je n'ai pas besoin de le regarder pour deviner la révolution de l'épiderme qui l'agite. À distance, j'ausculte son geste qui persiste, sa silhouette qui remue sous l'arbre. J'écoute le bruit de ses mains. Il gratte. Penché sur lui-même, il gratte avec des ongles de fer. Sa main plonge au creux du bras ou dans le dos, s'affaire à la hâte mais relance. Elle n'apaise rien, au contraire, chaque contact nourrit l'irritation. Il s'empêche autant que possible, par pudeur, l'air de dire « tout va bien, je t'assure », mais y revient assurément. Et quand il s'arrête, j'en suis sûre, il ne pense qu'à ça, se gratter le sang jusqu'à en avoir sous les ongles.

C'est une maladie qui submerge les pensées, les paralyse toutes par capillarité. Alors il recommence, furtivement, par à-coups. Il se croit discret, se replie à peine, étire son bras droit et s'occupe des parties invisibles sous ses habits, celles que je ne peux pas voir. N'empêche. J'entends le bruit du frottement, frénétique et urgent, le va-et-vient du bras derrière le mollet puis sur le torse et la cheville maintenant. La friction du tissu sous ses mains.

Mes yeux sont tournés vers les lignes noires de mon livre mais toute mon attention se porte vers lui, flottant à l'autre bout du jardin. Lui, intenable et coupé en deux dans ma vision périphérique. Il attrape le bas de son pantalon et le relève juste assez. Il le tire vers ses yeux qui se jettent dessous entre la chaussette et l'ourlet, là où il y a la peau. Il reste un moment dans cette position, immobile. Il doit y avoir matière à attirance. En observant de près, il décèle de petites surfaces râpeuses qui accrochent, dures et pourpres comme des boutons de rose.

Il regarde, inquiet et en même temps curieux. Son visage se rapproche du travail de la peau, aspiré par le volume des plaques, leur texture écorce, leur extension en forme de lichen. Il frôle les aspérités, les parties superficielles. Dès qu'il touche, il retire sa main. Dès qu'il sent, il s'écarte. Il contemple sa peau comme quelque chose d'étranger à lui, à la limite du beau la peau, rouge pâle et des reflets bruns, j'en ai peur, qu'il meure sous le platane.

Dans la montée, je grimace. Je sens la sueur me couler du front, au-dessus de la lèvre et le long du dos aussi, un long filet froid que mon sac plaque contre ma peau. Je m'essuie du revers de la main mais ma main est mouillée. Tout mon corps transpire. Derrière les genoux, sous les pieds, sur les orteils. Et plus le liquide s'échappe de mon corps, plus je comprends que ce ne sont pas seulement la chaleur et l'effort, que ce n'est pas seulement de la sueur qui sort de ma peau mais quelque chose qui cherchait déjà à s'extraire, quelque chose d'encombrant, d'en bas, qui s'échappe ici en même temps que mon corps s'ouvre.

La pente s'est présentée soudainement. Verticale comme un mur. Il faut monter d'un trait, je suis en bas, il faut aller en haut et le haut je ne le vois pas. Pour l'instant, il n'y a que la roche sous mon nez, dans mes mains, muette et rigide. Il n'y a que des lacets étroits empilés comme des tourbillons de crème fouettée. Le corps penché vers l'avant, mes yeux fouillent à terre, ils cherchent l'espace du pied. Je pousse sur la jambe de terre, transfère mon poids vers le ciel, m'élance. L'herbe absorbe chacun de mes pas. Sous mes pieds, elle se couche et se redresse. Se recouche. Se redresse. Au-dessus de ma tête, les feuilles forment des pastilles de lumière sous le soleil. Je contemple ce kaléidoscope de verts tendres puis les roches usées par le vent, ridées crevassées, le lichen qui s'y accroche, qui y fleurit, la mousse rêche et rose, parfois vert anis, les touffes d'herbe aux brins durs qui surgissent de part et d'autre, les arbres protecteurs, la prochaine place de mon pied, la prochaine place de mon pied. Je continue à passer régulièrement ma main droite sur mon front, la paume à l'envers, et puis l'autre, au-dessus des lèvres, là où se forment des cristaux de chaleur. Les gouttes salées reviennent aussitôt. Le soleil grossit et je trouve ça très beau ces perles salines. Je ne me défais pas de l'image. Mes mains s'accrochent à ce qu'elles peuvent, s'emboîtent dans des cavités, s'agrippent aux touffes, tirent et poussent. Mon mollet tremble, je décroche. Je lève la tête, plisse les yeux. J'essaie d'apercevoir le bout, je ne le vois pas.

Le soleil domine dans un ciel vidé de nuages lorsque Paul n° 1 le retrouve mort dans sa boîte de croissants Intermarché. La chaleur est accablante. Il le prend dans le creux de sa main, défait, traverse la route et dépose la dépouille dans le pré naturel en face de chez lui. À présent, il se rend compte de son erreur. Les orvets ne crient pas et il se sent très embarrassé d'avoir côtoyé la mort de si près, toute la matinée. Si l'orvet dans son agonie solaire avait pu crier, il ne serait pas couché sur le grand tapis d'herbe, sans vie et séché comme une feuille morte. Paul l'a laissé enfermé quatre heures au soleil. Le plastique a fait loupe, la boîte condensateur, et l'orvet s'est rétracté sans bruit.

Le cantonnier le lui avait donné. Il en avait, en quelque sorte, la responsabilité. L'homme à tout faire débroussaillait un champ quand il a aperçu l'orvet gigoter follement face à la progression de la machine. Paul l'a adopté avec joie. Paul recueille toutes sortes d'animaux avec joie. Il a déjà domestiqué une vipère puis une chouette, Irène. Pour l'orvet, il avait conçu une sorte de vivarium dans une grande boîte de viennoiseries en plastique. Un peu de mousse au fond, un filet d'eau, quelques brindilles. Le lézard sans pattes occupait ses soirées à nous rencontrer, il frottait sa tête dorée contre les peaux. Paul le sortait soigneusement de sa cage et il visitait la télécommande, les paquets de cigarettes, s'entortillait autour des verres de jaune avant de grimper sur les mains et de s'enrouler autour des doigts. Je n'osais pas toucher sa peau froide. Je le surveillais de loin. Désormais, son corps est un désert.

15

On a déplacé l'arrivée des sources. L'eau s'écoule toujours de quelque trou d'œil dans la montagne et roule sur son dos mais ne termine plus sa course dans les robinets en cuivre de la grotte-buvette et la grotte-buvette est désormais tout à fait muette, tout à fait esseulée, comme figée dans un temps ancien.

La grotte-buvette n'est pas un café. C'est une grotte artificielle construite à partir de véritables stalactites importées. Un dôme de pierre dans lequel trois alcôves offraient, à n'importe quelle heure de la journée ou de la nuit, l'eau ferrugineuse des sources Bacque, Trois Césars et Darmagnac. Ces eaux dépuratives, laxatives, diurétiques ou toniques s'épanchaient dans les grands bacs de pierre en continu, projetant çà et là leurs gouttes énergiques sur les parois minérales et au sol, sur le dallage en terre cuite.

La grotte-buvette tient toujours au fond du grand parc des thermes, retirée derrière le terrain de boules, les jeux pour enfants, derrière ce qui constituait l'ancien promenoir, un immense parapluie de verre dont il ne reste aucune trace ; mais sans tâche à accomplir, elle est aussi grotesque que les parcs d'attractions en hiver lorsqu'ils sont fermés au public. Les eaux vertueuses sortent maintenant à l'accueil de la cure, dans son hall d'entrée stérile, et la grotte-buvette, cachée sous son épaisse tignasse de lierre, a perdu de sa magie.

Les dernières chaleurs d'août gonflent les ronces d'épines et de mûres noires. Mon père loue mes bras. Il m'a convaincue de l'accompagner dans une expédition pour porter son eau. Mes mains griffées portent des bidons vides, des bidons de dix litres prêts à la recevoir.

On lui a conseillé la source de la *Croix du ruisseau* logée au bout d'un chemin dévoré par la végétation, un chemin qui essouffle. L'eau, là-haut, rend tout de suite la peau douce et lisse. Elle est sans parfum ni couleur, plus transparente que du verre.

J'y mets trois orteils, la jambe tendue dans le vide, le corps écartelé, ridicule. La rivière crache ses notes sourdes, et par-dessus ce vacarme, mon père me crie quelque chose. Il est déjà dans l'eau, immergé jusqu'aux cuisses, en slip blanc. Nous tenons tous les deux dans l'ombre d'un hêtre. Accroupie sur le rocher, je laisse mon pied glisser. Je laisse l'eau m'attraper, m'envelopper, l'eau glacée envahir mon sang.

Mes yeux font le tour de mon père. De son corps vulnérable, de ses mollets fins, blancs et sans poils, prêts à casser. Je comprends qu'il crie « l'eau est fraîche » en souriant et je souris à mon tour. Elle est plus froide que la glace des névés mais le sourire de mon père rayonne. À la longue, la sensation de froid se transforme en brûlure, puis plus rien. Je ne sens plus rien. Mes muscles pleins de fourmis s'endorment et un grand calme me traverse. Je sors ma jambe de la rivière, le sang redémarre. Il poursuit ses tours de corps infinis, sa course infernale, plus fort, plus battant encore.

16

Dans les foyers aulusiens, on commence à discuter des élections municipales. Elles approchent et raniment des rancunes tenaces. Parfois, elles sautent des générations entières sans même que les descendants puissent se rappeler le nœud. On se souvient d'un regard mauvais, d'une petite jalousie, d'un bout de terrain concédé à la cousine plutôt qu'à soi. C'était il y a trente ans, c'est aujourd'hui. Autour des tables de cuisine ou dans le champ, elles reviennent au galop, auprès du feu de cheminée et jusqu'à l'oreiller le soir où l'animosité ne dégrossit pas mais enfle au contraire avec la nuit. Les élections approchent, et ceux qui le peuvent exhument et brandissent leurs sobriquets.

On veut que mon père se présente. Qu'il représente les idées de certains qui, eux, ne comptent pas se présenter mais refusent que ce soient les autres. On préfère qu'un arrivant gagne. Un sans nom ni passé. Dans les trois commerces du village et dans la rue, la tension monte. Tout le monde se tire dans les pattes, tout le monde se demande si la mine de tungstène va réouvrir, mais surtout, ce que la mairie actuelle fera de l'argent gagné à l'issue des procès de la centrale hydroélectrique. Quelqu'un fait courir le bruit que les conseillers municipaux vont se le garder. La phrase se répand vite parce que les opposants sont nombreux. Elle a pris son élan par le bas, au pied du village, et, profitant des courants d'air, se propage dans rues, ruelles et impasses, parc et terrain de pétanque, entrant dans chaque maison ouverte, ricochant contre les volets fermés, toujours semblable et pourtant légèrement différente à chaque rebond. Plus résistante dans chaque bouche. Rares sont ceux que la rumeur épargne et plus rares encore sont ceux qui s'interrogent sur sa teneur.

17

Autour du village, après les départs de randonnées, les virages encombrés de voitures, après le bitume, l'église, après la *Croix du ruisseau*, les vieux arbres dominent et filtrent la lumière. La pluie ne passe pas, le vent à peine. Les limaces noires et dodues ont tout le sol pour elles, tout le temps pour tracer leur bout de chemin gluant. Les pieds s'enfoncent et disparaissent sous d'épais paquets de feuilles brunes. Je ne sais pas ce qu'il y a dessous. Je m'imagine que les feuilles rouillent jusqu'à s'effriter en poussières d'arbres. Qu'ensuite toutes sortes de bestioles les broient et les recrachent, et quand elles sont aussi petites que des atomes, elles rejoignent les strates noires et profondes du monde tellurique.

Après, plus haut dans la montagne, il y a surtout des sapins prétentieux, et les pieds se plantent à l'aveugle dans des millefeuilles d'épines. Il y a de tout là-dessous. Des pierres et des trous, des vers de terre qui rêvent. Ils avancent en bavant. Plus haut encore, au niveau des derniers cirques glaciaires, les hêtres s'effacent, les pins s'espacent et tout passe. Plus rien ne protège contre le vent, la pluie, les rayons ultraviolets du soleil. Le sol se tapisse de bruyères, de myrtilliers sauvages, et sous le pic du Turguilla, caché derrière la pierre, je retrouve mon étang favori : l'étang de la Réglisse. C'est un trou noir d'eau calme, aussi profond que la roche qui l'entoure est haute, courbée autour de lui et montée d'aiguilles plus pointues que des lances. L'étang minéral est froid, somptueux, d'un autre âge.

Au début de l'automne, les peaux mortes envahissent toujours le corps de mon père et le rendent sévère. Il me pique, il dit qu'il me vaccine au monde. Il s'y prend tôt, dès le matin, où il engrange données et avis croisés de la radio. Il se prépare au repas du midi, où, de façon inopinée, il impose son sujet. Il a les pleins pouvoirs, les chiffres frais, les dernières études en main pour frapper. Il s'autorise puisqu'il est le roi écaillé de bout de table. Pendant que j'apporte les plats, il rassemble dans sa bouche les souvenirs statistiques qui lui serviront d'appui. Il extirpe la mie du pain, la malaxe d'un geste sûr, la pose en boule à droite de son assiette, prend une gorgée de vin, il est prêt.

Il attaque sur les barrages hydroélectriques. Pas les petits mais les gros. Ceux qui détournent les cours d'eau pour n'en former qu'un, aussi large qu'un fleuve, rendent les terres stériles et tuent les poissons. Je songe à ces images de fleuves asséchés en Pologne : des autoroutes que les ponts s'entêtent à enjamber. Sur les bords, les champs ne sont plus que des déserts de pierre. J'essaie de le convaincre que les termes « énergie verte » sont absurdes dans ce cas-là mais il ne veut pas en démordre. Il s'accroche obsessionnellement à l'idée que le monde est tenon et mortaise, qu'il faut produire de l'électricité massivement, des composants téléphoniques à foison et des gadgets en plastique parce que c'est ainsi. Je le regarde l'œil rond, sans sourciller. Je me dis que tout finit par passer mais la neutralité n'existe pas et mon silence le propulse. Il me réplique que j'appartiens au camp de « ceux qui sont contre tout : le camp des gilets jaunes et des zadistes » et que « quand on ne sait pas on se tait ».

Il dit ça d'un jet, point final, ton cassant, voix qui ripe. Dans la pièce, l'atmosphère se charge brusquement de microfeux, de boules de plomb. Je me tais car je n'ai rien à ajouter à cela, que je ne sais pas ou trop le derrière des choses, sa douleur, et que ce trop ne peut plus sortir lorsque la voix est brisée. Le froissement de mes traits le surprend. Il feint de ne rien voir et continue seul à parler d'autre chose, droit devant lui. Il se remémore son enfance à proximité d'une centrale nucléaire en affirmant qu'aujourd'hui il va très bien, que le nucléaire c'est très bien, et que la réouverture de la mine c'est tant mieux. Il parle seul dans le silence, d'un ton léger, mais même lui ne s'écoute plus, et même lui a été saisi par la dureté de son ton.

18

La mine est enterrée à 10 kilomètres d'Aulus à vol d'oiseau, juste derrière Salau. C'est une tombe sans fleur, sans croix, sans corps. Un trou béant à l'intérieur. Les poinçonneurs de montagne sont partis du jour au lendemain en laissant un endroit dévissé, une mine à moitié nue, derrière une porte, une grille, un bloc. Pour l'instant les gens ragent ou jubilent, personne ne creuse encore. Derrière Salau, c'est comme ça.

J'ignore les couloirs, la largeur, l'odeur. J'ignore si la mine est percée de galeries ou aménagée en labyrinthe. Ce que je sais : on y a extrait du tungstène pendant quinze ans, et trente ans plus tard une société australienne désire recommencer. Le tungstène, c'est la pierre lourde en suédois. *Tung* (lourd), *sten* (pierre).

J'ai garé la voiture et je marche. Je cherche la porte de montagne dans un terrain enfriché, délaissé. J'y ai souvent songé sans pouvoir me la figurer. Quand j'entends *mine*, je pense visages de suie, wagonnets, passé.

Mais quelle image sous l'enveloppe et quelle image de la porte vers le dedans, les tripes ?

Je la cherche comme on cherche une morille, en balayant chaque centimètre carré du regard. Au bout de la route, je l'aperçois. Debout, monstrueuse. C'est un grand panneau ajouré qui coulisse sur les côtés. Derrière, une immense masse de béton obstrue la vue. Ça n'a pas d'allure, une porte vissée sur la roche. C'est comme un pansement trop petit pour recouvrir une plaie. Mais moins on en voit, plus on imagine. Et devant cette porte industrielle qu'il faudrait être quatre pour bouger, j'imagine tout. Mon cerveau produit des bruits de concassage, de broyage, des images de dégagements de poussière à l'intérieur et un paysage de tractopelle à l'extérieur, les allers-retours des machines, des bip bip bip et des cancers. Pourtant, tout est parfaitement calme. Rien ne bouge hormis la rivière en contrebas et l'air, du bourdonnement des insectes.

J'ai lu dans *L'Ariégeois* que la mine n'avait même pas été vidée. Là-dedans, un cimetière d'objets indestructibles attend. Ferrailles, tuyauteries de distribution d'eau et de ventilation, rails, wagonnets, ascenseur et transformateurs électriques non décontaminés. Bidons. Pleins de PCB. Et des poussières d'actinote flottent dans l'espace. 1984 : « Confirmation de la présence d'actinote fibreuse classée comme amiante dans les roches de la mine. »

La mémoire est une mouche qu'on peut chasser d'un revers de la main et les témoins s'achètent à coups de chèque. Il suffit d'engager un ancien consultant-expert de l'entreprise pour que l'amiante se fasse rumeur puis oubli. Il suffit de réécrire l'histoire. Il y a de nombreux cas de cancer, des morts d'asbestose, mais surtout un calme pesant.

À l'extérieur, les stériles entassés ont vomi leur couleur ocre tout autour de la mine. Elle s'est libérée comme un coulis dans la pente. Comme si, à force de creuser, on lui avait mis les doigts au fond de la gorge, titillé les amygdales et qu'elle avait dégueulé ses entrailles au-dehors, la montagne. Ça a formé des petits tas inutiles, des triangles de couleurs complémentaires au paysage que personne ne veut dans son jardin. Ils ont mis le dedans dehors. 700 000 mètres cubes de déchets orangés bourrés d'arsenic, de fer, de cuivre, de cadmium, de zinc, de bismuth qui coulent doucement dans la rivière. Il y a des traces de PCB dans l'eau du Cougnet, il y a du PCB dans la chair des truites. Officiellement, la mine a fermé à cause du cours du métal. Officieusement, les maladies pulmonaires sentaient le soufre, l'amiante et le sapin.

Leurs visages sont noirs dans l'ombre des paniers et leurs cous ont disparu sous la charge. Sanglée au front, elle écrase la tête, écrase le cou, le cou fond entre les épaules et le menton bloque contre la poitrine. Ce sont les porteurs de fromage. Ils reviennent d'Espagne. Ils ont des faces vaincues par la gravité d'où sortent des yeux blancs comme du lait qui luttent pour regarder droit. Ils ne se pressent pas, les paniers en osier sont remplis à ras bord et leurs pieds nus vont avec prudence sur le sentier de pierres brisées. Ils sont trois et trois bras se lèvent à 90° pour empêcher le poids d'aller s'écraser vers l'avant. Ils sont trois et tous trois portent des pantalons en toile claire, des chemises aériennes aux manches retroussées, un foulard en guise de ceinture. Ils descendent la montagne impatients d'arriver au village et, derrière eux, la roche fait jaillir des arbres contorsionnistes et des gerbes d'eau.

(Les porteurs de fromage, sentier du « caillou de l'Artigou », Aulus, début du siècle dernier)

19

Dans mon ventre, il y a une boule, côté droit. Une boule élastique que je sens enfler puis crever mais je marche, et lorsque je marche, cette petite boule de chair rose s'amenuise jusqu'à disparaître. Ma tête n'y songe plus. Elle ne pense qu'à arriver aux *Pas d'enfer*, la partie la plus escarpée du chemin qui suit l'Ars. Depuis le haut du village, il me faut environ une demi-heure pour l'atteindre. Je m'enfonce dans la forêt par le sentier de la *Croix du ruisseau*, le sac arrimé aux épaules. Je longe la centrale, je traverse le pont en béton, et dès que je me sens assez loin du village, dès que je n'entends plus le bourdonnement de la centrale, je ralentis, fascinée par les camaïeux de couleurs au sol. Ce sont les ornements perdus d'un châtaignier ou d'un marronnier, je ne sais toujours pas faire la différence entre les deux. Je me penche et décide de ramasser les feuilles mortes et fraîches, celles qui viennent juste de tomber. Elles craquent des branches, vacillent dans le vent, lentement, avant de s'étaler à terre. Un million de miettes brunes. Il y en a des centaines. Je les prends toutes. Les trouées, les croquées d'un côté, les terreuses et les pigmentées comme rongées par d'obscures maladies végétales. C'est parce que l'image d'un tableau me revient. J'ai soudain envie de le reproduire. Dans mon souvenir, les feuilles dentelées sont collées sur un support qu'elles envahissent jusqu'aux bords. Elles sont disposées selon leurs mouvements internes, organisées comme le pelage d'un chat. Je ne sais toujours pas faire la différence entre marronnier et châtaignier mais je sais que leurs feuilles en ogive sont mes préférées et que ce sont celles du tableau. Il était accroché sur le mur blanc d'une salle d'exposition, dans un château près de Blois, un format rectangulaire rempli de ces vestiges d'automne.

En rentrant, je poserai toutes ces feuilles sur la table, les unes à côté des autres, et je les contemplerai vraiment. Je devrai aussi expliquer à mon père la raison de ma collecte et cela m'ennuie parce que je me figure déjà son sourire moqueur, ses questions techniques, pratiques, ses conseils pour les conserver, les fixer, et mes propres justifications qui seront, je le sais, vaseuses.

Je mets une quinzaine de minutes pour arriver aux *Pas d'enfer*. C'est un escalier de racines aux marches roulantes, retenant pierres, feuilles et coques à fruits. Je m'y rends chaque jour. C'est une sorte de défi que je m'impose. Grimper jusqu'en haut, regarder en bas, retrouver mon souffle, sentir le froid de mes joues et mon cœur battant. J'essaie de ne pas m'arrêter. Parfois seulement je m'arrête, happée par les bassins bleus et les chutes d'eau claire qui les forment. Sous mes chaussures, le sol craque de coques à piques, de châtaignes et de marrons, de faînes et de brindilles. Il crisse comme de la neige sous mes pas.

Depuis quelques jours, les feuilles s'accumulent au sol et forment un épais tapis brun que les Aulusiens pressent de leurs pas. Ils accourent à la mairie, ahuris, furieux, ne sachant pas quelle émotion brandir en premier. Certains semblent même fragilisés, comme si on leur avait ôté un morceau d'eux-mêmes. Ils s'indignent, s'énervent, font de grands moulinets de leurs bras ou pleurnichent, non pas à cause de la possible ouverture de la mine dont ils se fichent, mais en raison des allers-retours d'un bulldozer en pleine montagne.

Lorsque les Aulusiens atteignent *le pont de la Mouline* et enjambent la rivière, ils découvrent une partie des berges rebouchée à la pâte à modeler, avec de gros rochers emboîtés et jointés de sable mouillé. Cent mètres plus haut, là où trônait une grande prairie léchée par le soleil, blanche de moutons et noire de chevaux, leurs pieds pataugent dans la gadoue.

Partout de la boue, rien que de la boue et des bouquets d'arbres entiers plongés à terre, allongés sur le flanc. Autour, les ornières géantes laissées par le passage des roues tracent des routes en dentelle. Leurs pieds s'enfoncent jusqu'aux chevilles dans cette matière molle et grasse comme du beurre. Les pins les noisetiers l'herbe épaisse les rochers mousseux, le bulldozer a arraché tout ça sans grincer et en a fait ce tas qui sèche au soleil, prêt à offrir un feu de plein vent pour l'hiver. Sous la lumière automnale, le spectacle est étourdissant.

Leurs chaussures continuent de faire des trous gluants parce qu'ils font des tours, des tours et des trous aussi larges que des traces de raquettes en inspectant sidérés et sous tous les angles ce qui se présente à eux. Parfois ils s'arrêtent net, la tête en avant, les fesses en arrière, stoppés dans leur élan par la vision miraculeuse de crocus tout juste sortis de terre. Tout le terrain en est parsemé et ça leur serre l'estomac. À l'intérieur d'eux, ça crie, et au village ensuite, ça crie encore. À la déforestation, au massacre de cette partie de la montagne qu'ils estimaient leur jusqu'à ce qu'elle soit terrassée, nivelée, aplatie comme un parking.

Un employé communal leur rappelle alors que les arbres, les pierres et même la boue appartiennent au gendarme. Tout ce qu'il y avait de vivant sur cette parcelle lui revient de droit et les trois petites granges dessus seront restaurées dans les temps. Les frais des travaux sont avancés, le permis de construire depuis longtemps accordé par la mairie. Bientôt, on apportera des panneaux solaires et une théière, du parquet, des fenêtres, des graviers stabiliseront le sol et les voitures se gareront ici même, pour une semaine de vacances au vert, sans télé, sans électricité.

À force de pénombre et de temps, les plaies de mon père se rétractent, rosissent, sèchent et tombent. Sa peau en garde des stigmates arborescents, et mon père, la peur au ventre d'une nouvelle attaque. Par précaution, lorsqu'il sieste, il veille à tenir tout entier dans l'ombre émeraude du mûrier-platane. Sous l'arbre, ses paupières s'alourdissent, sa lèvre inférieure remonte et se glisse sous celle du dessus, un soupir s'échappe de son nez, sa mâchoire se détend, il grogne sans dormir encore.

Bonjour très articulé. Pierre, le chanteur, se tient à nouveau derrière moi, immense, les pieds à peine arrivés sur la pelouse. Je ne l'ai pas entendu pousser le portillon. Mon père ouvre un œil, plisse l'autre et sourit avant de se redresser avec les mouvements désarticulés qu'oblige ce transat profond et molletonné.

Pierre a pris l'habitude de venir écouter une ou deux chansons avec nous, après le déjeuner. Il s'assoit toujours sur la même chaise, pose son bâton contre une de ses jambes, ne quitte pas son béret, accepte un jus de pomme puis inspecte très lentement les traits de mon visage.

Il soulève son tricot, attrape une petite boîte métallique dans la poche de son gilet et en extirpe une clé de remontage brillante. De son autre main, il saisit sa montre à gousset et se met à remonter le temps sur *Si l'on pouvait arrêter les aiguilles* de Berthe Sylva. Il a l'œil brillant de celui qui prépare une farce.

Galvanisé par l'humeur générale, mon père est désormais debout, sautillant, et mime le crawl dans *La gadoue* de Petula Clark, puis la brasse, puis un plongeon. Il se jette à terre comme un enfant. Le rire de Pierre rebondit dans tout le jardin, des larmes de joie se forment à l'interstice de ses yeux.

20

Le parapente rouge de Paul tranche avec la pâleur du ciel hivernal. La voile au-dessus de lui bouge à peine, il remonte imperceptiblement dans un courant chaud. Tous ses caissons sont gonflés, il plane au-dessus du village et de tous les sommets lorsqu'un Mirage fend l'air. D'un coup ils sont deux, acier et soie à quelques mètres de distance. L'homme à l'intérieur du cockpit n'a pas d'instruments pour repérer les corps chauds. Il vole à vue, écrasé par sa propre vitesse, à 1 000 kilomètres-heure.

Quand il arrive au creux de la vallée, je n'entends presque rien d'autre que la rivière, ce bruit constant dont le village ne se sépare pas, quelques rires, un coq, une tondeuse au loin. Ensuite tous ces sons s'effacent et le ciel implose dans un craquement grave, familier, et puis ça y est, les murs vibrent, ça s'approche, ça arrive à une vitesse folle. Je vois passer le triangle de métal en flèche avant que le mur du son ne se fracture. Avant la colère, la peur. L'armée s'entraîne ici, elle appelle ces montagnes « une zone d'exercice ». Ils volent au ras de l'eau, basculent contre la falaise à 90°, frôlent les pics et les renfoncements.

Celui-ci est passé tout près du croissant rouge. Il l'a remarqué et n'a pas changé sa trajectoire pour autant. La sellette tangue, la voile se plie et la traînée déporte Paul contre la roche. Il tire ses freins le plus bas possible, ses mains poussent en dessous des hanches, il se recroqueville et, de justesse, évite la paroi.

21

Aussi loin que je me souvienne, mon père n'a jamais parlé de sentiments. Il parle de courbes et de camemberts, de chiffres arrachés aux infos. Il ne dit rien de lui. Il ne dit rien de nous. Mon père n'est pas tout à fait sérieux. Il se rêve en chef d'État d'une nation puissante comme la France, contraint aux compromis, hermétique à l'écologie, soucieux avant tout de l'économie générale. À table, il parle et je m'indigne. À table, nous traçons des lignes qui ne se croisent pas. Ses fonctions imaginaires le poussent à m'entretenir de ses stratégies politiques, à me faire part de ses doutes. Ses lèvres fines font et défont le monde en déchirant des bouts de pain, en coupant la viande, ses phrases roulent sur la table sans accroc et s'essoufflent. Le vin segmente ses élans et mes yeux l'entourent. Souvent mes yeux contemplent ce père et songent à ces mots trop gros qui bloquent en amont de sa bouche, ces mots enfermés en lui qui pourrissent, ces mots enfouis qu'il ne croit pas avoir l'urgence de dire.

J'apprends que René, l'artiste du village, oublie. Sa femme est partie, sa tête est perdue. J'entends les gens dire cela. Que sa mémoire s'évapore, que son visage perd progressivement de sa chair, s'éteint, que des cernes creusent des arcs noirs sous ses yeux. Son atelier de presse et de collage demeure fermé. René ne sort plus, ne part plus en montagne, et une odeur lancinante entoure sa maison. Les chats se sont accaparé les fauteuils, ils ont envahi les placards, les meubles, ils sautent les uns sur les autres et sur lui. En passant devant son portail, j'assiste inquiète aux ronronnements miaulements feulements, aux bruits de la sauvagine claquemurée autour de René.

On l'a placé en maison. C'est comme ça qu'on dit. Ça veut dire que les services sociaux l'ont amené de force à l'EHPAD d'un village voisin, pavillon *Magnolia*, là où sont les déments. Ce jour-là, le lien indéfectible qui reliait le vieux aux chats s'est rompu et ces animaux domestiques sont retournés à leur état sauvage. Ils se répandent dans rues, ruelles, rôdent dans le haut du village périmètre cimetière et la menace palpite sous forme d'excréments sur gazon solaire. Les plus verticaux répondent par l'empoisonnement, et aux crottes sèches s'ajoutent des cadavres que la mairie invite à porter chez le vétérinaire pour autopsie. D'autres, plus pragmatiques, proposent une chasse carabinée. Munis de filets et de cages, ils arpentent les rues en susurrant « minou minou », débusquent les chats dans des buissons et les capturent. Leur prolifération devient prioritaire dans les débats municipaux, et dans le communiqué on peut lire que « des chats SDF, non habitués à faire leurs besoins dans des litières, provoquent d'insupportables dérangements pour le voisinage ».

Assis devant l'entrée, mon père regarde sa chaussure d'un air grave. Elle a grossi, le cuir est tendu, brillant. Il l'observe de près, fasciné comme si ce pied n'était pas le sien. Mon père a un pied stalactite. C'est le nom que je prête à la maladie puisque c'est une affaire de liquide qui durcit, et que dehors, il fait encore très froid.

La maladie ne part pas, elle se déplace. Elle a quitté la peau pour mieux s'installer entre deux os et je n'espère plus des poudres tapissées au fond de son estomac, les blanches, les rouges, les vertes, en gélules, effervescentes ou d'un bloc, qu'elles agissent. Il a bel et bien un pied stalactite. C'est ce que j'en ai conclu à cause de la déformation de sa chaussure. J'imagine que la matière du corps attirée par la gravité coule en cascade jusqu'au point le plus bas de l'organisme, et se loge là, au niveau de la malléole. La chair se montre incapable de contenir ce surplus, l'acide afflue et le pied gonfle.

Une bulle se forme sur le flanc du pied comme si un nouveau talon lui poussait sur le côté.

Dans l'hôtel, il marche de travers. Poc. Schrrrrrrrrrrr. Poc. Schrrrrrrrrrrr. Poc. L'accent rythmique est affreux. Son pied syncope, le parquet grince, sa semelle râpe et tout l'hôtel paraît claudiquer avec lui. Poc. Schrrrrrr. Poc. Le pied, je ne l'ai pas vu. Personne ne souhaite qu'il retire sa chaussure mais son pied refuse désormais de rentrer dedans. Alors, depuis hier, il réfléchit à une solution. Il tergiverse longuement avant de prendre une décision. Un seul chausson ou les deux? Un seul chausson, bleu roi de surcroît, désigne l'anomalie. Deux chaussons en revanche, c'est une faute de goût ou les prémices d'Alzheimer. Deux chaussons identiques, ça a le mérite de marcher sur du similaire, de la semelle de même épaisseur. Un chausson et une chaussure, c'est bancal. C'est la colonne qui trinque. Il opte pour les deux chaussons. Et ce que vont penser les gens de ses chaussons bleu roi ne rentre pas en compte dans sa réflexion. Ce que vont penser les gens de ses chaussons bleu roi, il s'en fout.

Je jette mon sac avec soulagement. Il s'écrase à terre comme un fruit mûr, gorgé de sucre, roule sur son dos et se fige dans cette pose. Je m'assois n'importe où, partout. J'étale mes jambes tremblantes dans l'herbe mouillée. Mes mollets sont raides, ma clavicule me brûle. Le tissu a tant frotté l'os qu'il m'a volé un morceau de peau. La chair affleure. J'inspire profondément. L'air, ici, me semble différent. Il rentre comme du lait tiède dans mes poumons, avec douceur. Il les remplit entièrement.

À présent, je prends le temps de contempler le paysage qui s'offre à moi, aride, gris, magistral. Au-dessus de l'étang de la Hillette, ridé par le vent, les aiguilles de pierre culminent à 2 568 mètres. Elles piquent le bleu du ciel comme des fleurets. Mes yeux vagabondent dans les blocs de roche fissurée par le vent. Les vautours fauves, le pin à crochets, rien n'a changé. J'essaie d'attraper chaque détail de ce cirque adoré, chaque accident de la roche.

Je dégrafe mes chaussures, retire mes chaussettes et les étale sur un rocher. Leur vapeur blanche s'efface en petits tourbillons vers le ciel. Je me rassois dans l'herbe et inspecte mes pieds. Derrière mes chevilles, je découvre deux grandes taches rouges. Deux soleils pivoine qui regardent en arrière. Et au bout de mes pieds, une peau blême entoure mes orteils ramollis. Je les écarte en éventail pour laisser l'air passer, puis parce qu'il n'y a personne, et sans autre raison apparente, je crie. De toutes mes forces, je crie. J'extirpe la couverture de survie de son emballage et la déploie dans l'air. Elle crépite. Je sors ensuite la toile de tente, l'étends soigneusement au sol. Le tissu trace un rectangle jaune citron dans l'herbe verte. Je déplie les arceaux et commence à les emboîter pour former des pattes d'araignée. Je songe au fait qu'on pourrait construire des villes entières comme ça. Clac. Clac. En une nuit. Ils grandissent comme des bambous souples. Ensuite, je les fais glisser dans la gaine. J'ai le coup de main. Une fois qu'ils sont en croix, je les plante et la tente prend forme d'un coup comme un chapiteau. Les sardines s'enfoncent dans la terre vivante, mes doigts dévissent le bouchon du matelas de sol, je le jette à l'intérieur, il gonfle.

Je ne vois pas son visage. L'homme, de dos, ne bouge pas. Il ne cherche rien, il paraît avoir trouvé. Il se tient debout, immobile comme une statue, absorbé par la rivière, son roulis, son martèlement. Planté en son centre, sur un rocher, il la fixe sans sourciller. Son bruit l'envahit, le dévore, son bruit s'insinue en lui et l'emporte. L'homme et la rivière sont liés, s'enlacent. L'homme porte un chapeau melon, et un long manteau à carreaux tombe jusqu'à ses chevilles. Ses chaussures en cuir noir sont centrées en bas de l'image. Elles s'ouvrent légèrement vers l'extérieur, comme des guillemets. L'homme ouvre des guillemets à la rivière qui s'écarte à ses pieds, se sépare en deux, se retrouve derrière lui et poursuit son chemin.

(La rivière du Garbet, Aulus, début du siècle dernier)

22

Le printemps s'affirme avec lenteur, douceur. Les bourgeons se forment, un rouge-gorge pépie. Il picore le pain dur jeté par mon père dans le jardin. Mon père dit « mon rouge-gorge ». Le rouge-gorge vient chaque jour et martèle, donne de minuscules coups de bec dans les croûtons rassis, indifférent aux hommes, indifférent à l'exposition qui se tient depuis quelques jours à la mairie : celle de René absent, celle de René qui ne sait pas. Après la vente de sa maison, ses tableaux sont bradés aux enchères, par lots, et l'acquéreur principal revend les collages à l'unité dans la salle polyvalente de la mairie.

Une femme couverte de broches tient l'accueil. Face à elle, une table d'école sur laquelle se trouvent ses cartes de visite. Dès mon arrivée, elle m'en glisse une dans les mains et déploie son énergie à me garder là, prisonnière de ses mots sur le pas de l'exposition. Ses bras s'agitent en tous sens comme si elle en possédait quatre ou six, elle débite un flot effréné d'explications quant au processus de création de l'artiste et, au bout de deux phrases, bifurque sur la cure qui a changé sa vie, le bienfait des montagnes sur les esprits et de l'eau thermale sur les corps. Mes oreilles bourdonnent, les phrases déferlent de sa bouche sans dénouement possible. Je profite de l'apparition d'un visiteur pour m'éloigner discrètement.

Je découvre les tableaux. Suspendus à de grandes grilles branlantes aux pieds de caoutchouc noir, ils pendent comme les quartiers de viande en plein air, il y a cent ans : dans la lumière, nus, livrés aux bactéries, au jugement et aux doigts gras. Ce sont de grandes étendues de papier crème sur lesquelles sont agencées des ruines délicates de végétaux. Il faut observer à la loupe ou frotter ses yeux au papier pour discerner les vitraux de feuilles et d'écorces, les pelures d'oignon, de poireau séché dont il ne reste que les fibres, les mousses et les éclats de pistils, les pétales blancs, verts, vermillon, les ramifications infimes, les épines : des morceaux de montagne si réduits qu'ils la reconstituent tout entière.

Mon père parle à tout-va. Il s'excuse exagérément. Il vient de casser mon portable en pesant une cuisse de canard. Il essayait de déterminer si la cuisse de canard suffisait pour deux personnes. Le portable chargeait près de la balance. Le portable est tombé. La cuisse pesait 320 grammes.

Je ne lui en veux pas. Le printemps m'apporte une délicatesse inespérée. Les clématites ont explosé en fleurs blanches et le lierre planté au pied de l'hôtel, celui qui s'est répandu au rythme de ses plaques comme s'il s'attaquait au maître des lieux par la façade, ne me fait plus peur. Il enveloppe la bâtisse d'un filtre vert, protecteur.

Pendant que mon père invente des justifications insensées, qu'il m'accuse de brancher mon portable n'importe où et à n'importe quelle heure de la journée, dans le passage de la balance, dans le coin du buffet, près d'un précipice, d'un gouffre, je dévisage le ruban criblé de points noirs qui pend au-dessus du comptoir. Par centaines, les mouches pigmentent le papier jaune et collant, comme des confettis de mort. D'autres, encore vivantes, tournent en carré au-dessus de sa tête. Mais je n'associe plus mon père à l'un de ces points paralysés sur le ruban jaune. Je n'ai plus peur. Mon père fleurit et ses accusations douteuses sont signe de santé. Lui qui s'est imaginé tour à tour être une plaie, une fontaine à peau de rhinocéros, une extension malheureuse de l'hôtel, est à nouveau doux. Il a retrouvé son visage, comme si l'autre, le faux, avait fui sans raison. Il m'interroge : « Tu veux manger quoi avec la cuisse de canard ? Des haricots verts ? C'est bon les haricots verts, tu ne trouves pas ? Tu as remarqué les clématites, mes clématites ? »

Depuis quelques semaines et jusqu'à aujourd'hui, mes journées sont légères, empreintes de joie. Mon itinéraire d'été est prêt. Avec des amis, nous irons voir le *Certascan*, une retenue d'eau immense, côté espagnol, qui ressemble à une petite Méditerranée bordée de rhododendrons. Mais aujourd'hui, deux dames apprêtées viennent estimer le prix de l'hôtel, et dans le salon, je me sens comme une étrangère. Elles se pavanent dans les couloirs avec une chemise sous le bras. Une chemise qu'elles n'ouvrent même pas, une chemise pour faire sérieux. Elles mesurent les pièces au laser, comptent le nombre de chambres, appuient plusieurs fois sans raison sur les interrupteurs, félicitent mon père d'avoir mis du double vitrage et disent : « Vous pourrez sûrement laisser le piano. »

L'état de René se détériore. C'est ce que disent les personnes qui lui rendent visite. Ils rendent de moins en moins visite, ils ne disent plus. Les blouses blanches, les Crocs qui crissent sur le lino, le bruit à peine perceptible des roulettes. Tout glisse dans le blanc. Tout est mou, pâteux.

Le matin, en respirant l'odeur de ses draps, il ne saisit pas. Par la fenêtre, le paysage s'est distordu. Il s'est étalé et les montagnes lui paraissent plates, à peine cabossées. Ses yeux s'y perdent. En dehors de cette vue vitrée que les barreaux quadrillent, la cour centrale encadrée par des bâtiments gris est le seul extérieur : un extérieur à l'intérieur de l'enceinte. Dans les coins en béton trônent des palmiers en pots. René fixe intrigué ces arbres exotiques, sans branches, sans nœuds, tous identiques.

Parfois on retrouve René sur le bord de la route, chaussons sur bitume, corps en avant, décidé à rentrer chez lui. On lui dit qu'il n'a plus de chez-lui. Il dit que chez lui, c'est la montagne.

Les volets métalliques, côté rue, que personne n'a jamais entrepris de délester de leur peinture verte à l'amiante, se referment comme des paupières sur le salon. Ils ne laissent pénétrer que de maigres rais de lumière grise. Dehors, le ciel est blanc. Les bambous sont taillés, l'appentis vide. On dirait le jour où je suis arrivée à Aulus pour la première fois. Seulement, à la différence de ce jour-là, une odeur de café embaume le rez-de-chaussée, et à l'extérieur, le lierre organique touche presque la gouttière du toit.

Aulus s'éloigne dans le rétroviseur. Je regarde les

montagnes rétrécir, fondre comme des bougies. Ma bouche est sèche. Je regarde sans comprendre, je me souviens de tout. Des tours de village à vélo, du pin à crochets seul sur sa crête, fier, de l'étang noir de la Réglisse, de la vue d'en haut, de chaque pas. Je me souviens des mots échangés, des gestes et des bouquets. Je me souviens de la densité des corps. Mais quand je me concentre pour fixer les images dans ma tête, un épais nuage blanc déferle et dresse un écran contre ma mémoire. Mon père n'a rien dit de plus. Il n'a rien dit de lui. Il n'a rien dit de nous. Il a rendu les clés de l'hôtel. Il est monté dans le camion, il a bu quelques gorgées d'eau dans sa gourde pour réussir à déglutir, il a mis le contact.

Sur le bord de la départementale, les platanes noueux sont toujours des platanes miteux, des arbres de route, de simples plots qui défilent et se font absorber par le rétroviseur. J'ai une peur bleue. Puisque les arbres tiennent seuls contre le ciel, gagnent du terrain et que les vieux en perdent, puisque le village ne s'éteint pas, puisqu'un élan garde les végétaux, les êtres et les minéraux levés, puisque l'été efface l'hiver comme un coup de vent soulève la poussière, je veux voir encore.

Comment la montagne se laisse approcher sans s'effaroucher, son herbe gavée d'eau, ses étangs en chapelet qui s'échangent du bleu, ses murs d'affranchis. Le tournant dévore les derniers sommets. Les couleurs s'estompent comme une photographie fanée. Aulus a disparu. La rivière court avec nous sur le bas-côté, dans le même sens, à deux mètres dans le ravin. Son lit s'élargit, elle ralentit progressivement, son niveau baisse. J'observe mon père. Au-dessus des voix de la radio, ses lèvres fines font et défont à nouveau le monde.

Récemment parus dans la même collection

Michèle Audin
Une vie brève
Cent vingt et un jours
Mademoiselle Haas
Comme une rivière bleue
Oublier Clémence
Josée Meunier, 19 rue des Juifs

Gaëlle Bantegnie
France 80
Voyage à Bayonne
Au pays d'Alice

Yamina Benahmed Daho
Poule D
De mémoire
À la machine

Didier Blonde
Carnet d'adresses de quelques personnages fictifs de la littérature

Patrice Blouin
Tino et Tina
Baltern
Zoo : clinique

Pascale Bouhénic
Boxing parade
Lorsqu'il fut de retour enfin
76 façons d'entrer

Camille Brunel
Vie imaginaire de Lautréamont

Thomas Clerc
Paris, musée du XXIe siècle. Le dixième arrondissement
L'homme qui tua Roland Barthes et autres nouvelles
Intérieur
Poeasy
Cave

Dante
Vita Nova, nouvelle traduction de Mehdi Belhaj Kacem

Carole Fives
C'est dimanche et je n'y suis pour rien
Une femme au téléphone
Tenir jusqu'à l'aube

Françoise Frenkel
Rien où poser sa tête, préface de Patrick Modiano

Jean Genet
L'atelier d'Alberto Giacometti
Le funambule
Lettres à Ibis
L'enfant criminel
Rembrandt

Hervé Guibert

La mort propagande

Vice

L'Autre Journal

Suzanne et Louise

Pascal Herlem

La sœur

Limoges

Noël Herpe

Journal en ruines

Mes scènes primitives

Objet rejeté par la mer

Jonathan Littell

Le sec et l'humide

Triptyque. Trois études sur Francis Bacon

Marie Modiano

Espérance mathématique

Upsilon Scorpii

Pauvre chanson et autres poèmes

Frédéric Pajak

J'entends des voix, récit écrit et dessiné

Autoportrait, récit écrit et dessiné

J.-B. Pontalis, J.M.G. Le Clézio, P. Auster, P. Aulagnier, M. Dorra, M. Foucault, P. Alferi, F. Cusset

Dossier Wolfson ou l'affaire du Schizo et les langues

Samuel Poisson-Quinton

Un père à la plancha

Sylvain Prudhomme

Là, avait dit Bahi

Les grands

Légende

L'affaire Furtif

Par les routes

Les orages

Agnès Riva

Géographie d'un adultère

Ville nouvelle

Arthur Schopenhauer

Schopenhauer dans tous ses états, dessins de Frédéric Pajak

Joy Sorman

Paris Gare du Nord

L'inhabitable

Zouc et Hervé Guibert

Zouc par Zouc, l'entretien avec Hervé Guibert